I0825496

El ejército ciego

David Toscana

El ejército ciego

Primera edición: mayo de 2026

Printed in Colombia – Impreso en Colombia

ISBN: 979-8-89098-791-4

Dicen que el emperador cegó a los prisioneros, en número de quince mil, con órdenes de que a un hombre de cada cien se le dejara tuerto para que sirviera de guía. Entonces los envió de regreso a Samuel. Él, cuando los vio llegar en tal cantidad y en el estado en que se hallaban, careció de fuerza moral para soportar el golpe. Le vino encima la oscuridad y un desmayo, y cayó al suelo. Con agua y mirra hicieron que volviera a respirar. Lograron que recuperara en algo la conciencia. Mientras revivía, pidió de beber agua helada. La recibió. Bebió. Sufrió un ataque al corazón. Dos días después murió, en el 6 de octubre.

Ioannis Skylitzes (1040-1101),
Sinopsis de la historia

Hay quienes preguntan cuál es la diferencia entre no ver nada y ver todo negro. Preguntan otras cosas. Que si se oye mejor cuando no se ve. Que si todas las mujeres son bellas. Que si se distingue entre el día y la noche. Que si seguimos soñando. Que si lloramos. A muchos les interesa indagar algún trasto sobre la muerte. Si en la resurrección de los muertos tendremos ojos. Es cierto que a algunos criminales los cortan en partes, los queman y los hacen hollín para que no vuelvan a habitar la tierra. Está escrito que no deben dejarse los cadáveres para que los coman las bestias o los piquen las aves, y ya desde siempre se discute sobre lo que ocurrirá a un hombre si se lo traga una ballena. A Jonás lo escupió luego de tres días. Pero son muchas las embarcaciones que cada año se pierden en el mar junto con todos sus hombres y no se sabe más de ellos. Hay que creer que si la resurrección le llega a alguien en el fondo del mar se volverá a ahogar. A los navegantes que nunca regresan se les hace un sepulcro. A los cadáveres que llegan a la arena también se les da sepultura aunque nadie sepa quiénes son. Hay sepulcros con cadáveres sin nombre y otros con nombres sin cadáveres. En la resurrección de los muertos y la vida del mundo futuro, yo espero tener ojos. Pero no puedo saberlo, como tampoco nadie sabe si quienes murieron viejos serán viejos y los jóvenes, jóvenes, aunque se entiende que los hombres seguirán siendo hombres y las mujeres, mujeres. Yo creo que quienes resuciten habrán de ser jóvenes porque maligno premio sería volver con la carne que ya no sabe de placeres. Alguien me preguntó si echaba más de menos el verde o el azul. No lo había pensado. Le respondí que el azul, y quizás sea verdad. El azul.

Hay preguntas que más valdría no hacer. Y sin embargo la gente las hace. Lo que más me preguntan es cómo quince mil hombres se dejaron sacar los ojos. No alcanza a ser una pregunta. Es un reproche. Su modo de tacharnos de cobardes. «Yo no lo hubiese permitido», dicen. «Antes muerto que dejarme hacer eso». Se arman historias mentales en las que apenas con los puños pelean contra sus verdugos y los vencen a todos. Les escupen, los muerden, los patean. Siempre muy osados. En su mente pueden escapar de cualquier trance. En la taberna cualquiera es el más valiente. En las bravatas de taberna todos hubiesen hecho algo sobrehumano de haber estado en nuestra situación. Pero no estuvieron. ¿No crucificaron a seis mil hombres de Espartaco en el camino que va de Capua a Roma? Cuando cayó la ciudad de Pliska, ¿no tuvieron que ver sus habitantes cómo el enemigo aplastó a cientos de niños con piedras de molino? ¿Acaso no recuerdan los viejos cuando Sviatoslav mandó empalar a veinte mil de los nuestros? «Yo no lo hubiera permitido», dice el que no estuvo ahí, pero cualquiera de ustedes habría terminado en la cruz o empalado o viendo a su hijo como masa de harina; a cualquiera de ustedes le hubiesen sacado los ojos. A Dios mismo lo crucificaron, y de haber querido los romanos le habrían sacado los ojos y cortado la lengua y la nariz y las orejas. Al Cristo lo aporrearon antes de ejecutarlo. Lo aporrearon tanto que ya iba loco cuando lo montaron en la cruz. Era Dios que se hizo hombre cuando lo azotaron, y entonces fue hombre que se volvió loco y se creyó Dios.

«¿Y quince mil hombres se dejaron sacar los ojos?», alguien volvió a preguntar.

Yo le dije que sí, y que por eso nos volvimos locos.

Una columna de desarrapados recorre el último tramo para llegar a la capital del imperio de Bulgaria. Llevan más de un mes caminando sin ver el camino. Si la marcha durara varios días más, ellos seguirían andando. Pero al saber que ya terminan su viaje, las piernas se ablandan. Los pies revientan de dolor por las ampollas que revientan. El hambre los desbarata. Ninguno es lo que fue apenas tres meses atrás, cuando avanzaban fuertes, armados e insolentes, siguiendo a su zar Samuel, a pelear contra el ejército de Basilio. Ahora se acercan sin orden a las murallas, sin una mínima formación que los haga parecer combatientes. Cada ciego siente necesidad de decir algo, pero en suma no dicen nada.

Una semana antes había llegado el primer rumor de que se acercaba un ejército.

Samuel mandó aprovisionar la ciudad y cerrar las puertas de las murallas.

Después, las noticias fueron buenas. Eran los prisioneros que se habían llevado a Constantinopla. El emperador Basilio los había liberado y venían de vuelta a casa.

Hubo gran alegría hasta que los informes se volvieron más precisos.

Sumaban miles de hombres. Venían ciegos. Sin ojos.

En la ciudad se sintió más miedo que cuando esperaban un ejército invasor.

Cerraron las puertas a cal y canto.

¿Eran ciegos o muertos?

Transcurrieron noches silenciosas.

Al fin los divisaron desde las torres.

Ya vienen.

La gente quería subir a las murallas. Mirar a aquellos desgraciados.

Estaba prohibido. Cada puesto lo había ocupado un arquero. Los arcos se tensaron.

Samuel subió a la torre oriental y desde ahí vio a su ejército ciego. Ordenó a los arqueros que no dispararan. Ordenó que abrieran las puertas.

Durante un asedio, los agresores lanzaban cadáveres, cerdos podridos, excrementos, vejigas llenas de sangre o de orines, perros rabiosos y ancianas enfermas.

A Samuel le estaban lanzando miles de hombres sin ojos, y él les había abierto las puertas. Los dejó entrar con la aglomeración de ratas en desembarco.

Dicen que ahí mismo Samuel se desvaneció. Que lo hicieron respirar de nuevo con agua y mirra. Entonces pidió agua fría y su médico le dio agua fría. Le falló el corazón y se lo llevaron a su palacio. Allá despertó dos días después como saliendo de un mal sueño. Y cuentan que acabó por morirse cuando supo que el sueño no era sueño.

Por la ley de la sucesión, el último aliento del zar Samuel pasó a ser el instante en que su hijo,

Gavril Radomir, se convirtió en nuestro nuevo zar. Su coronación fue un velorio, y mientras sepultaban a Samuel también se estaba tallando la lápida del moribundo imperio búlgaro.

Mientras tanto, el ambiente era de júbilo allá en Tesalónica, Adrianópolis, Constantinopla y todas las ciudades del enemigo a las que fue llegando la noticia. El emperador Basilio recibió el título de *Bulgaroktonos*, que trasladado es Matabúlgaros.

¿Que cómo nos sacaron los ojos?

Quien lo pregunta espera una descripción más elaborada de la que se da en las crónicas. En los anales sobre los búlgaros se cuenta que hace poco más de cien años «nuestro zar Boris salió de su retiro, arrestó a su hijo Vladimir por hereje, y mandó sacarle los ojos», y sobre Sansón la historia sagrada nos enseña que «los filisteos le echaron mano y le sacaron los ojos». Pero la gente quiere saber con detalle lo que ha de ocurrir para que un ojo esté mirando desde su cuenca y poco después ande rodando por el suelo. Algunos se han inventado respuestas muy apartadas de la verdad. Supe de alguien que se la pasa afirmando que nos inflaron con un fuelle de herrero hasta que los ojos saltaron como tapón de odre; es una historia que él adorna con tantos detalles que acaba por mover a la risa a los mismos ciegos. Otra versión cuenta que nos maniataron y echaron mieles sabrosas en los párpados, y por la noche las ratas hicieron la faena. Con ésta no ríe nadie. Otros cuentan que oprimiendo el pecho con piedras pesadas los ojos acaban por salirse solos, pero no supe de nadie al que le hicieran esto y creo que uno se asfixia antes de quedarse ciego. Luego de un derrumbe en las canteras se sacan cadáveres aplastados y todos tienen sus ojos bien puestos.

También corría el relato de que los ojos saltaban al dar un golpe muy certero en la nuca con una tabla. Esto último es casi verdadero, pues en las batallas no falta quien reciba un porrazo y, sin que se le caigan, los ojos despuntan de modo que no se puede parpadear. Hay otra manera en que se ata una correa alrededor de la cabeza, pasando atrás por la nuca y adelante a la altura de las cejas. Se va apretando con un torniquete hasta que la presión hace saltar los ojos. Dicen que funciona, pero es un proceso lento que nadie utilizaría en quince mil hombres. El fuego no se empleaba para esto desde que allá en Constantinopla mandaron cegar a un general insurrecto y más tarde este mismo general organizó una nueva rebelión con la vista sana y los párpados quemados. Mi historia preferida es una que se cuenta a los borrachos. Tiene que ver con maravillosas cortesanas que dan besos succionadores y acaban tragándose los ojos. Me gusta porque la última visión es la de una mujer espléndida y no la que en verdad vimos.

En la corte de Constantinopla existe el cargo de maestro sacaojos. Lo natural es que, si el emperador tiene algún traidor en su entorno, ordene vaciarle las cuencas. Para eso existen instrumentos arreglados al oficio. El aprendiz practica con cadáveres y animales. Las calaveras no hacen justicia porque muestran unas cuencas más grandes que el rostro aún con carne. Los maestros sacaojos se consideran una casta distinta de los torturadores o verdugos, pues su propósito no es matar ni hacer sufrir, aunque siempre hagan sufrir y a veces terminen matando. Sacar ojos no es un método de ejecución ni de obligar a nadie a confesar o delatar. Para el oficio hay dos medidas que hacen perfecto un trabajo. La primera es que casi no se derrame sangre. La segunda se alcanza si los ojos siguen viendo hasta antes de cortar el cordón, cuando cuelgan a la altura de las mejillas. El maestro hace su trabajo en un reo maniatado; a él no le corresponde luchar contra piernas, brazos ni cabezas, sino contra un par de párpados bien apretados.

Aconteció que maese Zósimo, maestro sacaojos de oficio y vocación, escuchó que llamaban a su puerta.

«Hay trabajo», dijo el visitante.

Él se dirigió con parsimonia al armario. Sacó un pequeño cofre de madera decorado con venados y conejos. Vides y olivos. Luego eligió sus enseres. Un punzón. Una cuchara de plata con mango alargado y cuenco pequeño. A veces la usaba para comer uvas de una en una. Un garfio con las mismas proporciones de la cuchara. Una lezna con mango de marfil. Una rasqueta también fina y pequeña. Una gubia, unas tenazas y unas tijeras que daba gusto verlas por su brillo y delicadeza. Palpó un buril y una barrena, pero los dejó donde estaban. Al final, echó un pomo de colirio, y a su mujer le pidió un rollo de vendas. «Las de lino».

Lustraba sus herramientas una vez a la semana aunque hubiese temporadas sin que lo mandaran llamar. «A un músico no lo puedes sorprender con su instrumento desafinado». Se puso la túnica de aires ceremoniales, tomó el cofre y salió con el visitante. «Voy a necesitar a tres hombres fuertes», dijo.

Maese Zósimo hallaba gran dignidad en su oficio. Él, que era de nacimiento bajo, hijo de palafrenero, había adquirido la majestad para someter a emperadores destituidos, aspirantes al trono, generales rebeldes, religiosos incómodos, aristócratas desleales.

A veces el condenado no era tan notable. Podía tratarse de un hechicero, un eunuco o, como fue el último caso, un diácono acusado de mantener la vieja herejía de que si el Hijo fue creado por el Padre, entonces el Padre fue antes que el Hijo.

A Zósimo le extrañó que le pidieran ese trabajo. El castigo para tal herejía debía ser la muerte.

Aquel diácono se retractó o fingió retractarse cuando se vio sometido delante del maestro sacaojos. «Engendrado, no creado, nacido del Padre antes de todos los siglos», se puso a repetir sin que le fuera de provecho porque maese Zósimo pasó a hacer su trabajo sin entretenerse en teologías.

El diácono vivía ciego en el monasterio de San Juan el Precursor. El maestro lo visitaba y juntos bebían vino.

Ahora Zósimo se dirigía al palacio, pero el hombre le hizo una seña con la mano para que lo siguiera. «Vamos al hipódromo», le dijo. Entraron por el acceso de caballos, aurigas y carros. Las gradas estaban llenas de espectadores. Ahí vio Zósimo al primer grupo de cien prisioneros.

«¿A cuál?», preguntó.

«A todos», dijo el hombre. «Vendrán más y más hasta sumar quince mil».

El maestro se dio la media vuelta. «¿Soy acaso el repartidor de limosnas para que me traigas delante de tanto desdichado?».

El hombre le aclaró que las órdenes venían de muy arriba, pero a Zósimo le dio lo mismo y se volvió a casa.

«¿Tan pronto?», preguntó la mujer.

Maese Zósimo atrancó la puerta.

«¿Qué haría el arrogante cocinero del palacio», preguntó a su mujer, «si el emperador le pidiese que hirviera papilla para toda la tropa?».

«Papilla», respondió ella.

Él se sentó en el suelo con las piernas cruzadas y el cofre sobre las piernas. Tomó el punzón y acercó la punta a su ojo izquierdo. Había un momento en el que se perdía el foco. «¿De modo que lo último que ven los ojos es un borrón?».

Del hipódromo llegó una algarabía como en los días de carrera.

«¿Qué hace la gente tan temprano?», preguntó la mujer.

«Papilla», dijo Zósimo. «Harta papilla».

De las gradas bajaron muchos voluntarios. Empezaron con grande entusiasmo y hasta con esas risas que legitiman lo que nada tiene de gracioso. Luego terminó por aburrirles hacer lo mismo miles de veces. Ojo izquierdo, ojo derecho. El molinero no celebra cada vuelta de la piedra. El herrero no lo hace con cada golpe de martillo.

Con los tuertos no hubo norma. A algunos les sacaban el derecho; a otros, el izquierdo.

Tardaron seis días en hacerlo. Acabaron su faena y se tumbaron con un cansancio entristecido.

Las únicas risas eran las nuestras.

Había un malabarista. Dijo que, aun sin ver, podía hacer suertes hasta con cuatro ojos. Los lanzaba al aire y como embrujo caían en una de sus manos o en la otra listos a ser lanzados de nuevo. Eso decía él. «Suben y bajan, vuelven siempre a mis manos diestras y amorosas». Y nos reíamos porque sin ver nada había que creerle. «Otro ojo», decía alguien. Y él aceptaba el reto. Cinco ojos. Siete. Diez. Todos en el aire, arriba, abajo, a un lado, al otro, como astros que regresan al mismo punto en el firmamento. Éramos el público perfecto porque perfectas también eran esas suertes tan reales como imaginarias. Los ojos giraban en su viaje y en un instante veían el cielo y el suelo y el horizonte y los muros y a nosotros, que embelesados abríamos los párpados. El mago malabarista dijo que había cometido un error y se le habían caído los diez ojos al suelo y debíamos tener cuidado para no pisarlos. Nos reímos otra vez. Tenté el suelo hasta dar con un ojo. Lo recogí. «Escuchen bien», dije. «Voy a arrojar este ojo hasta las nubes y sé que descenderá en mi mano». Hubo un instante de silencio. Según sabíamos, éramos un grupo de noventainueve ciegos y por ahí debía estar nuestro tuerto. «¿Ya lo arrojaste?», preguntó alguien. «Ahora mismo», dije. Mecí la mano derecha para sopesar el proyectil. Entonces alcé el brazo con toda la velocidad que pude darle. Cualquiera que haya arrojado una piedra sabe lo que tardan las cosas en caer. Conté las palpitaciones de mi corazón. Hice un cuenco con las manos y esperé en vano. Muy pronto alguien preguntó: «¿Dónde está el que lanzó el ojo?». Yo di voces y seguí dándolas hasta que él llegó a mí. Me entregó un ojo y cuando lo palpé pude jurar que era el mismo que recién había enviado al cielo. «Lo tengo», dije. «Volvió a mis manos». Fue grande la aclamación. Muchos se acercaron para abrazarme con todo ese olor y suciedad de la campaña, la batalla, la prisión y el tormento. «Aquí estoy», dije. «Y aquí está el ojo que lancé».

«¿Quién eres?», preguntó uno que me abrazaba. «Conozco tu voz».

Pensé en darle mi nombre, decirle de dónde venía, quién era mi padre, a qué me dedicaba; pero supuse que yo ya no era el de antes ni tenía ese nombre ni venía de tal lugar ni tenía aquel padre, ¿y a qué habría de dedicarme ahora?

«Soy un ciego».

Quienes oyeron se empezaron a reír y también rieron los que no oyeron, pero escuchaban reír. Tanta risa irritó a nuestros enemigos. Nos amenazaron. Golpearon a algunos. Tintinearon las armas, pero igual seguimos riendo.

A nosotros ya nadie podía hacernos nada.

Э

Muchos ojos se perdieron, sobre todo al principio, cuando todo se hacía sin orden ni método. Rodaban por el suelo polvoso del hipódromo, y no faltaron perros en espera de un bocado. La gente de Basilio tardó cerca de quinientos ciegos en formalizar dos prácticas.

En la primera, se le pedía al ciego que abriera las manos. Le ponían en cada una el ojo izquierdo y derecho todavía palpitantes.

Un hombre llamado Bronimir tomó sus ojos con las yemas de los dedos y alargó los brazos, apuntándolos aquí y allá donde oyera voces en griego. «Los veo muy bien, malditos, y puedo ver su muerte». Aunque ellos no entendían nuestra lengua, captaron la idea y algunos se llenaron de miedo.

Lo más común fue echar los ojos en ánforas grandes y gordas de barro basto, sin ningún dibujo o decoración, de asas fuertes. La boca del ánfora no era muy angosta y con facilidad se podía meter la mano.

Aun esta práctica se afinó.

Llegaron los pescaderos del mercado con sus mesas. Vaciaron las ánforas. Lavaron los ojos con agua cristalina, y con esa habilidad que tienen para desescamar y desentrañar pescado, para limpiar calamares, para abrir ostras o erizos, se emplearon en mondar los ojos, retirando cualquier carne sanguinolenta y dejándolos tan rotundos y blanquecinos como fuese posible. Mucho de bello había en esos ojos para quien pudiera verlos. Cualquiera querría acercarse y preguntar a cuánto la docena.

Llamaban la atención los ojos de colores claros, hacia el ámbar, verde o azul. Entre toda esa mescolanza, los pescaderos intentaban hallar los pares. «Este verde hace juego con este otro», dijo Longino, el jefe de los pescaderos. Se propuso hallar a su antiguo propietario. Le parecieron muy femeninos, y hasta armó en su cabeza a una mujer sublime que lo miraba con esos ojos detrás de un velo; pero tenían que ser de hombre. Paseó entre los recién cegados hasta dar con un muchacho rubio y delgado. «Tus ojos», le dijo, «¿de qué color...?». Calló el verbo porque no se decidió entre «son» y «eran». El muchacho no hablaba griego; sin embargo comprendió bien la palabra «*ofthalmoí*» porque la había escuchado muchas veces en esos días. ¿Pero qué le estaba preguntando acerca de sus ojos? Con los párpados cerrados el muchacho era muy hermoso; mas por un instante los abrió y se esfumó toda belleza. Longino ya no pudo recuperar la imagen de la mujer velada. Volvió con los pescaderos. Echó los ojos verdes entre los de cualquier color.

Los pescaderos habían enjuagado las ánforas. Ahí depositaban los ojos frescos y limpios. Cuando se colmaba el ánfora, vertían salmuera hasta el tope.

Como si de aceitunas encurtidas se tratara, agregaban hinojo al caldo y cuatro dientes de ajo.

Pocos ojos se hundían. La mayoría flotaba.

Nadie tuvo la curiosidad de preguntarse por qué.

Tapaban el recipiente y pasaban a llenar otro.

Cada jornada se reducían los espectadores en el hipódromo.

Los perros se habían marchado. El último que estuvo olisqueando un ojo recibió una patada en el costado y se marchó a morir en cualquier recoveco.

Esa noche, cuando los pescaderos se reunieron en la taberna, hubo consenso en algo: los ojos en la mano eran mucho más pequeños de lo que parecían en el rostro.

Una vez ciegos, la gente se portaba amable con nosotros. Nos daban agua y algo de comer. Eso ya era una aventura nueva. Tragarse un bocado sin antes haberlo visto. Nadie nos hizo la broma de darnos alguna porquería. Los niños se acercaban, nos pedían permiso para meter el dedo en nuestras oquedades. Gritaban entusiasmados si cerrábamos los párpados con fuerza para atraparles el dedo.

Mientras esperábamos a que terminaran de desojar al resto de los cautivos, inventamos tres juegos para entretenernos. Uno se hacía con tres vasos. Se ponía un ojo en uno de ellos y se revolvían sobre una mesa. «¿Dónde quedó el ojito?», se preguntaba. Lo divertido de esta versión del juego era que los vasos no se colocaban al revés. Cualquiera con vista notaba perfectamente dónde estaba el ojo, pero nosotros éramos niños estrenando su ceguera.

Otro juego era más elaborado. Le llamamos «bo». Había que sacar un ojo terso y redondo de la salmuera. Nos sentábamos en un círculo de doce. Quien tuviera el ojo se lo metía en la boca y con un soplido lo expulsaba. El proyectil le caía a alguien. Ése se anotaba un tanto; a su vez lo alojaba en la boca y lo disparaba. Ganaba quien recibiera el ojo cinco veces. Por eso había que apuntar hacia donde intuyéramos que estaban los jugadores con menos anotaciones. A uno de los nuestros le gustaban los números. Dijo que ese juego terminaba en un mínimo de nueve lanzamientos y un máximo de cuarentainueve. El sonido natural de cada disparo de ojo era «¡bo!».

Prémeld fabricaba muñecas. De madera. A veces les ponía cabellos con pelos de caballo. Eran las muñecas más desgraciadas del orbe. Nunca tenían ojos y podía faltarles un brazo o la nariz. Prémeld hacía un gesto de indiferencia. Qué se le va a hacer. Él no era escultor. Sus herramientas eran de carpintero. Además, la vida misma a veces creaba niñas sin ojos o sin brazos. Niñas muertas también. O sin piernas.

Prémeld siempre había hecho mesas de patas bastas, de superficie áspera, sin barniz. Puertas. Algún armario. Ésa hubiera sido la vida de Prémeld. La de un carpintero sin talento.

Pero Prémeld tenía una hija pequeña que murió una mala noche de fiebre. Fue cuando se le ocurrió tallar la imagen de su niña muerta. Su mujer enloqueció cuando la vio. Él puso a la niña de madera frente a la casa. La gente le dejaba comida.

También le rezaba.

Alguien se la robó y no se supo más de ella.

La mujer enloqueció otro tanto.

Entonces Prémeld comenzó a fabricar las muñecas.

Hacía una tras otra. Las arrojaba por la puerta y se ponía a hacer más. Cientos de ellas. Buscaba sin hallar a su hija de carne o a su hija de madera.

Por ahí pasó el padre Alzeko y se puso a llorar. Dijo que era como si hubiese vuelto la décima plaga del Señor.

Un día, por esas cosas de borrachos, Prémeld el carpintero aceptó el reto de tomar un bloque de madera y esculpir la más hermosa virgen desde la creación. Como en el imperio no se tenía la costumbre de hacer estatuas sagradas, hubo de emprender un viaje. Se despidió de su mujer loca y se echó a caminar. Visitó iglesias y monasterios de otros lugares.

Volvió un año después. A su mujer le trajo un pañuelo. Ella no se había dado cuenta del viaje de su marido.

Prémeld dijo a sus amigos borrachos que ahora sí dominaba el oficio de imaginero. De todo lo que había visto, nada lo marcó tanto como un cristo crucificado que tenían en Colonia.

«Estaba muerto», dijo.

«Dios no puede morir», respondió alguien.

«Cristo murió tres días». Prémeld hablaba en voz baja, como confiando un secreto. «Pero esta figura está siempre muerta».

Relató lo que le habían explicado allá en Colonia. El Hijo de Dios había descendido a los infiernos para liberar algunas almas, pero no bajó como dios, sino como hombre muerto, así es que el diablo lo apresó de inmediato y lo lanzó al fuego. Lo desollaron con fierros ardientes. Muchos condenados venían a escupirle. Lo ataron a la rueda y a garrotazos le rompían los huesos. El hombre pedía clemencia y sus dientes crujieron. «Anda, llorón», le decían, «qué fácil es ser dios, pero mira lo que significa ser hombre».

Llegó Judas. Le dijo que se había ahorcado para encontrarse con él en el infierno y pedirle perdón. «No te conozco», le dijo Jesús.

Al fin llegó el tercer día.

Mil prostitutas le lamieron las llagas, pero él no se acordó de ellas cuando resucitó.

A Prémeld le llevaron un bloque de madera con proporciones humanas. Venía de un árbol que en algún tiempo habría dado sombra a san Juan de Rila.

Trabajó seis meses a puerta cerrada.

Llegó la fecha en que dijo «mañana», y entonces se reunió una multitud delante de su taller.

Sin ayuda de nadie arrastró la escultura a la calle.

La virgen era tan desgraciada como las muñecas. Sin el brazo derecho. Sin la oreja izquierda. Ahí donde los iconos muestran unos ojos tristes y sufridos y amorosos, no había sino una prolongación de la frente. Tenía un hueco en la espalda. Lucía más muerta que aquel cristo de Colonia.

Los borrachos la llevaron a enterrar.

Al poco tiempo, un presbítero hizo notar la herejía. «La madre de Jesús fue elevada a los cielos sin haber muerto».

El metropolitano se enteró. Dijo que las estatuas eran cosas paganas o de la Roma del papa. Entre los búlgaros, la virgen sólo debía representarse en iconos. Amenazó a Prémeld con la excomunión. ¿Con sus propias manos había modelado el cuerpo de la virgen? ¿Qué partes le había tocado?

Mandaron exhumar a esa virgen mancillada por las manos de Prémeld. La guardaron en un almacén del monasterio hasta decidir qué hacer con ella. Una carta del patriarca Filipo dejó más o menos claro que María sí había muerto, pero de modo tan leve que se trataba de una «dormición». Igual que su hijo, ella había empujado la piedra de su sepulcro al tercer día y ascendido a los cielos.

Aunque la figura de madera de roble de la madre de Dios podía sostenerse en pie, eligieron acostarla. La gente que la miraba hacía notar que no parecía dormida, a menos que se tratara del sueño eterno. Era una muerta a la que le faltaban los ojos.

Eso ocurrió dos años atrás.

Ahora Prémeld tampoco tenía ojos.

Seguía tallando muñecas que cada vez se parecían menos a su hija muerta y menos aún a su hija perdida de madera.

«¡Vengan, malditos, vengan, a ver si encuentran algo!».

Los gritos me despertaron y despertaron a muchos y rumbaron los gemidos de la pereza. Era nuestro primer amanecer fuera de Constantinopla, de camino a casa.

Abrí los párpados. Mientras estuve dormido pude ver tantas cosas que ahora se apagaron.

«¡Vengan, malditos!».

Otros comenzaron a gritar cosas parecidas y se echaban a reír.

Descendió el graznido de enjambre de cuervos y entendí lo que pasaba.

Toqué la hierba. Estaba húmeda de rocío. También mis cabellos. Supuse que aún no habría sol, pero sí algo de luz rosada.

«A limpiar la cloaca», dijo alguien a mi lado.

«Pájaros de satanás».

«Vengan a mí».

«Michi, michi».

No estuve seguro de atreverme, pero a mi alrededor escuchaba carcajadas que competían con los graznares de los cuervos. Cuántas cosas no hacíamos en las campañas de guerra por la mera aventura de ponernos a prueba con el miedo. Jugábamos con los arqueros al san Sebastián, pero el juego era que ellos no acertaran. Para que los jinetes midieran su destreza, nos tendían como escollos que debían saltar. El de enmedio veía el vientre del caballo. Tenderse el último era lo más temerario. Ahí llegaba la caricia de los cascos y las herraduras del caballo. Se sentía miedo, pero era un miedo gozoso. El gozo de ser hombre. Luego venía la batalla. Las flechas volaban para matarnos. La caballería enemiga galopaba derecho a machacarnos. El miedo era otro. El miedo de ser hombre.

Me encomendé a cualquier demonio y me tendí en la grama con los brazos en cruz y los párpados bien abiertos. Si hubiera un miedo entre el juego y la batalla, ése fue el que sentí. Algo que sólo podía llamar miedo a los cuervos.

Uno de ellos aterrizó junto a mi oreja izquierda. Se estuvo un rato quieto. Luego caminó alrededor de mi cabeza hasta el lado opuesto. Detesté su andar de dignatario, ondeando la cola, lanzando el pico atrás y adelante. Al fin se atrevió a brincar sobre mi frente.

Yo no le iba a perdonar que me tomara por un muerto.

Sentí su pico picoteándome las cuencas.

Uno hace cosas para luego poder contarlas.

Si no quiere contar mentiras.

Y yo cuento que un cuervo me mondó las cuencas.

Las dejó limpias.

Las dos.

Y cuento que me estuve quieto.

Sin parpadear.

Como si no les temiera a los cuervos.

Como si los cuervos no olieran tan mal.

Ni muertos de hambre comemos cuervo.

Una voz preguntó si los ojos en salmuera estaban a salvo. «Muy a salvo», dijeron los guardianes de los ojos en salmuera.

Alguien acostumbrado a mandar nos dio la orden: «¡Ahora!».

Comprendí la señal. Lancé las manos hacia el cuervo y lo atrapé. El imbécil expelió un graznido muy ofendido. No le torcí el cuello. Lo estrujé con tal fuerza que le habrá salido por el pico lo que comió de mí.

Muchos cuervos volaron; muchos estaban muriendo a manos de sus captores. Esos pájaros siempre están enojados. Más que las gallinas.

«Le arranqué las alas», dijo uno.

«Yo, las patas».

«¿Qué le hago al pajarraco?», preguntó alguien. «Usó mis cuencas de letrina».

«Sácale los ojos».

Apenas amanecía, pero ya todos teníamos el ánimo de una juerga nocturna.

Nuestra noche era eterna.

La juerga también.

Kozaro el escriba ya se había hartado de servir de amanuense. Escribía frases bajas y elevadas, sobre todo bajas. Pero nunca algo propio. A veces armaba algún verso en la cabeza sin que nadie le ofreciera un folio para escribirlo. «Diosa de las palabras, pon tus perlas en mis manos», componía en la cabeza, o «el espíritu del hombre merodea por el bosque como un jabalí», y luego no estaba malcontento por no haberlo escrito porque ciertamente no valía la pena. Si le hubiesen preguntado qué era lo más bello que había copiado, le costaría trabajo decidir entre «Dios mío, Dios mío, ¿por qué me has abandonado?» y «yo soy la verdad y la vida». El primer tramo le gustaba porque eran palabras muy humanas; el segundo, porque nada tenían de humanas. Por supuesto había leído incontables pasajes de mayor fuerza y belleza, sobre todo allá en las bibliotecas de Constantinopla, donde tenían muchos libros paganos, pero no se había dado el caso de que alguien le pidiera transcribirlos.

Más que nada copiaba textos litúrgicos.

Para cada fiesta, el patriarca Filipo le dictaba alguna epístola que habría de leerse en las iglesias.

Una vez, mientras se ocupaba en un libro de horas, justo después de garrapatear de mala gana «como fue en un principio ahora y siempre por los siglos de los siglos amén», escribió con la más bella caligrafía que había manado de su pluma «no quiero morir sin gloria sin luchar quiero hacer algo grandioso que quede en la memoria de los hombres». Eran dos líneas del más grande libro de los griegos. Lo había compuesto un ciego antes de que existiese la escritura. Kozaro veía las palabras delante de sí, traducidas por él mismo a su propia lengua, escritas con el alfabeto de los eslavos. Ahí estaba la muerte, la gloria, la lucha, la ambición, la memoria, los hombres. Lo humano en aquel libro continuaba intacto; en cambio, lo que hablaba de los dioses se había evaporado. Los dioses dejaban de existir; el hombre era eterno.

Kozaro el escriba se dijo que había gran diferencia entre leer y escribir. Pasar los ojos por encima del texto era cosa pobre delante de escribir cada letra que decía «yo soy la verdad y la vida» o «no quiero morir sin gloria». Y si escribirlo como copista le provocaba un arrebato cercano a la borrachera, podía asomarse al prodigio que sería componer algo grande en su cabeza y trasladarlo al pergamino por primera vez. Escribir algo que no estuviese escrito. No viajar de un texto a otro, sino del alma al pergamino. Y que aquello que él escribiera lo copiaran los copistas y lo leyeran en los siglos venideros, y que a él ya no le llamaran Kozaro el escriba ni el copista ni el amanuense, sino Kozaro el escritor, el poeta, el cronista, el historiador, el evangelista.

Kozaro el grande.

Había copiado varias veces un texto que enaltecía el alfabeto de los búlgaros por encima del griego. «Porque las letras eslavas fueron creadas por un hombre santo, mientras que las griegas, por paganos». A Kozaro le parecía un panegírico sin sustancia. Así lo hubiesen creado en los baños públicos, la grandeza del alfabeto griego estaba en los evangelios y toda la escritura sagrada, pero sobre todo en sus versos, sus historias, sus ideas. Por muy santas que fueran las letras búlgaras, sabían decir muy poco por sí mismas y casi siempre hablaban de segunda mano. Imaginó el día en que los discípulos de san Cirilo entregaron el alfabeto a los búlgaros. «He aquí treintaiocho letras con las que nunca nada se ha escrito ni leído». Las recibió el zar Boris y dijo: «Que se escriba mi nombre». Uno de los discípulos tomó la pluma y estrenó la caligrafía: «ⰁⰑⰓⰋⰔ».

Había pasado siglo y medio desde entonces. En el camino, las letras de san Cirilo se volvieron sus propias reliquias porque no pasaban de ser complejos garabatos y los búlgaros mejor forjaron un alfabeto emparentado con el griego. Para entonces gobernaba el zar Simeón, y lo primero que se escribió con las nuevas letras fue «Симеон».

A Kozaro el escriba le pesaba que mientras los griegos y los latinos tenían siglos y siglos de escritura y engordaban sus bibliotecas al punto de que varias vidas no alcanzaban para leer un grano de cuanto tenían, los búlgaros apenas habían aprendido a escribir «Boris» y «Simeón».

Vino a suceder que lo llamaron a palacio. Ahí estaba el zar Samuel y su hijo Gavril Radomir con algunos generales, boyardos y funcionarios. El escriba Kozaro debía apuntar objetos y cantidades. Espadas, lanzas, arcos, mazas. Escudos, cotas de malla, cascos. Todo iba por miles, incluyendo los caballos, si bien la infantería superaba por mucho a la caballería. Provisiones. Tiendas de campaña. Tapetes. Mulas. Los hombres hablaban con tanta urgencia que Kozaro debía mojar la pluma constantemente. Los números exigían una habilidad distinta a la de escribir palabras, pero él sabía hacerlo muy bien.

Aquellos hombres hablaban sin tregua. Por eso Kozaro no escribía «caballos» o «flechas», sino «K» o «C» y así de cada palabra lo que alcanzara, para después completarlas como es debido. Era en los números en lo que no podía abreviar. Cuando un general dijo «seis mil caballos», él escribió una letra y la acompañó del signo de mil. Le agradaba que redondearan los números. Los ejércitos no eran material de precisión. Pero al encargado de los suministros le envanecía su rigor y, en vez de decir «veinte mil medidas de garbanzo» dijo «dieciocho mil doscientas setentaitrés medidas de garbanzo seco del valle del Morava», obligando a Kozaro a hacer volar la pluma con medio alfabeto decorado con los signos que hacían números de las letras.

Cuando hubieron terminado, Kozaro se armó de valor para acercarse al zar Samuel.

Le habló de un antiguo filósofo griego que no había alcanzado la fama por lo que pensó y enseñó sino por lo que de él se escribió. Agregó que el mismo hijo de Dios habría sido un judío olvidado si sus palabras no se hubiesen vuelto palabra escrita. Al filo de la blasfemia dijo: «Hace mil años, para quienes lo conocieron, Cristo fue un dios encarnado; para nosotros es un dios apalabrado». Un dios que ya nadie sabe lo que dijo en su idioma, y que hablaría para siempre en griego o en las lenguas a que se trasladasen desde el griego.

«¿Adónde vamos?», preguntó Samuel.

«Las generaciones por venir se olvidarán de usted, si no hay quien escriba sus hazañas».

Samuel autorizó que el escriba Kozaro los acompañara en la empresa militar, que no viajara con espada sino con pluma, no con escudo sino con pliegos de pergamino.

El ejército búlgaro se encaminó con todos sus aperos bien contados y anotados hacia la peor de sus derrotas.

Kozaro habría de volver sin pliegos ni pluma ni tinta.

Sin una palabra escrita.

Con los ojos en un anforisco.

Kozaro el escriba ciego.

Y en las crónicas futuras, la hazaña mayor del zar Samuel sería morirse de pena por ver a los que ya no podían verlo.

Al encargado de suministros también le sacaron los ojos. Habríamos de conocerlo como el Numerista. Y buena parte de los garbanzos del valle del Morava pasaron a ser botín del ejército de Basilio Matabúlgaros.

Aprendimos pronto a oler. Y no nos gustó lo que olimos. En algún valle donde debían llegarnos los aromas de hierbas y resina, nos acompañaba una pestilencia. Muchos ciegos hedían a muerto sin estar muertos.

«¡Aquí huele a muerto!», gritó alguien que debió tener la más poderosa de las voces porque se le escuchó en todo el valle y sus palabras regresaron tres veces con el eco.

Fue algo que muchos queríamos pronunciar. Cuando hace calor, decimos «hace calor»; cuando frío, «hace frío», y si llueve, «está lloviendo». No es para dar cuenta a nadie, puesto que para todos está el calor, el frío o la lluvia. Cuando cae la primera nevada del año, cada ser humano se siente obligado a decir «está nevando». También pronunciamos los olores que son para todos. «Huele a col».

Lo de ahora era un olor del otro mundo.

«¡Aquí huele a muerto!». Volvió a sonar la voz con tanta fuerza que quizás no había sido la voz de uno sino de muchos.

Fue un llamado para los cientos que despedían ese tufo. Ellos venían negando hace tiempo su condición y nosotros callábamos como quien está bajo la lluvia sin decir que está lloviendo. Ahora alguien les echaba encima la verdad. Eran centenares a los que les habían crecido en las cuencas unos bubones del tamaño de puños. Les caían larvas como lágrimas.

Se echaron a correr igual que gallinas descabezadas, y algo de gallinero había en sus gritos. Corrían quién sabe adónde. ¿Adónde van los muertos? Van al cielo o al infierno, pero no pueden quedarse aquí.

«Corran, difuntos, corran».

«Que alguien les abra la puerta».

«Vayan, bonitos, por su premio o su castigo».

Debió de ser espectáculo soberbio para los tuertos que lo vieron, si aun conmovió a quienes apenas lo escuchamos.

«Más bello es no verlo», dijo alguno.

Para los tuertos el evento fue uno mismo. Cada oloroso a muerto corrió como corrió, extendió los brazos tal como lo hizo, y se echó de rodillas del mismo modo en que se echó de rodillas. «Yo lo vi», dicen quienes ven. «Y fue así y no de otro modo».

En cambio había sido diferente para cada uno que lo construyó con sonidos. La imagen de las gallinas descabezadas no tuvo buena acogida. Alguien sugirió un baile de primavera. Los muchachos corrían ebrios de vino y deseo detrás de las vírgenes. Los gritos eran de ellas, desarropadas y carnosas. Gritos felices. Ellos echaban fuego por las bolas candentes que anhelaban ojos.

También nosotros sentíamos el vino.

Las vírgenes eran blancas y espléndidas.

Alguien comparó aquellos párpados hinchados con enormes ojos de libélulas. Los muertos no corrían, sino que volaban; no chillaban, sino zarandeaban sus alas. El reflejo del sol sobre ellos formaba un arcoíris.

Las libélulas volaban del modo en que quisiéramos; el arcoíris llevaba los colores que mejor recordáramos.

¿De qué sirve tanto tuerto si con su ojo ven todos lo mismo y relatan la misma cosa?

También se dijo que eran espíritus que por siempre habitarían ese valle y mandarían sobre los animales, los vientos y la caída de las hojas.

Los gritos se iban alejando.

Detrás de ellos iba el zumbido de ansiosas moscas verdes.

Yo los imaginé entrando en un bosque muy tupido, corriendo sin tropezar con ningún árbol.

Las hojas caían. Los animales iban detrás de ellos.

Y fueran hombres o gallinas o espíritus o libélulas, llegó el momento en que ya no se escucharon más.

Estuvimos un rato quietos, aguzando los oídos, hasta que una voz susurró: «Se murieron los muertos».

Kozaro el escriba pensaba que él había sufrido un castigo mayor que el resto de sus compañeros. Cierto que los ojos estaban para ver por dónde se camina y la comida que a uno le ponen delante. Estaban para distinguir entre el enemigo y el aliado en la batalla. Para mirar a una mujer y cometer el pecado de la vista. Saber cuánto vale una moneda sin tener que sobarla o morderla. Pero en el mundo también había pares de ojos que servían para leer.

A Kozaro lo habían llevado al hipódromo junto con un muchacho de ojos azules llamado Seráfim.

«¡Tengo los ojos azules!», gritó el muchacho a sus verdugos en lengua eslava como si eso le ganara la amnistía. Entre tres lo echaron al suelo y le vaciaron las cuencas.

¿Qué importaba el color?, pensó Kozaro, y se dijo que él sí tenía un argumento de peso. «¡Mis ojos saben leer!», clamó en griego ático. «¡Leen la palabra de Dios!».

Lo trataron como a cualquier analfabeto.

Le entregaron de vuelta sus ojos. Uno en cada mano.

Kozaro fue con pasos cortos hacia los pescaderos. Les pidió que se los mondaran. «Esos ojos leían muchas cosas». Las palabras que no impresionaron a los verdugos causaron otro efecto entre esa gente de mar. El pescadero Longino lo tomó del brazo y lo condujo a un sitio para que se sentara. Luego puso especial cuidado en descarnar cada ojo. «¿Qué leían?», preguntó Longino. Los echó en un anforisco con salmuera.

«Letras griegas», dijo Kozaro. «También latinas y eslavas».

«¿Ha leído historias de pescadores?».

«Un pescador estuvo mucho tiempo tocando la flauta para que los peces salieran a bailar. Como ninguno le hizo aprecio, aventó su red y recogió decenas de ellos. Los echó sobre la barca y los pescados comenzaron a menearse en busca de su aliento. Ahora sí bailan todos, les dijo el pescador, pero ninguno quiso hacerlo con mi música».

Longino se dirigió al compañero de la izquierda. «¿Oíste?», le dio una palmada. «Pescados malagradecidos», dijo. «Si yo tocara la flauta».

Longino vació el recipiente. Enjuagó los ojos. Volvió a meterlos, pero ahora echó una mezcla de aceite y vinagre.

«Nosotros entendemos de conservar ojos», dijo. «Los de un pescado han de relucir aunque la carne huela a podrido». Entregó el recipiente a Kozaro. Le roció el rostro con agua. «Y ahora que no tiene ojos», le preguntó, «¿comoquiera sabe leer?». El pescadero pidió a Kozaro que se pusiera en pie. Lo tomó de los hombros para orientarlo. «Camine en esta dirección y llegará adonde sus compañeros».

Mientras iba allá, Kozaro introdujo el índice en el anforisco. Lo llevó a la boca. Eran buen aceite y buen vinagre. También era buena la pregunta del pescadero Longino. Kozaro tenía que resolver si aun sin ojos sabía leer.

Yo no sé cómo hacen los sabios para asegurar que vivimos en el año 6522 desde la creación. Nosotros ya habíamos perdido la cuenta de los días desde que salimos de Constantinopla, tal como la pierden los presos en las mazmorras. Algunos decían que doce; otros, nueve; otros, quince. Entre tanto número alguien debía de estar en lo cierto, aunque más por acaso que por saber. Quizás los tuertos contaban mejor por ver aparecer y ocultarse el sol, y para salir de dudas podríamos preguntarles; sólo que no nos hablábamos con ellos. Se volvieron de otro país. Ellos querían mandar, creyendo que en tierra de ciegos el tuerto es rey; pero entre nosotros eran ellos los parias. Mucho se habla en las escrituras de los ciegos, pero a los tuertos no se les menciona.

El tuerto es un ciego incompleto. No es frío ni caliente.

Y en su falta de simetría se alejan de nuestro bello equilibrio.

Así pues, en la décima o novena o decimotercera o vigésima jornada, ya fuera en la hora prima o en las vísperas o maitines, que el diablo lo sepa porque para qué hablar de precisiones que no hacen al caso, aconteció que poco a poco fuimos percibiendo un cambio en el ambiente.

Luego llegó una brisa húmeda y salada. Al final, el sonido de unas olas muy leves.

«¡El mar! ¡El mar!», gritábamos, con ganas de inmortalizar nuestro júbilo. «Морето! Мо-рето!».

Los de atrás no sabían a qué venía tanto alboroto, pero pronto las palabras llegaron a todos como olas. «¡El mar!».

Nos apresuramos hacia donde nos llamaban las aguas. Ya sabíamos correr a ciegas. Levantábamos los pies como para machacar uvas y, salvo algún obstáculo descaminado, nadie tropezaba. Cierto era que llevábamos los dedos de los pies golpeados y habíamos sufrido torceduras de tobillos, pero ya nuestro andar era más terso.

Cerca de la costa había una cuesta abajo inesperada. Los primeros rodaron y en seguida los que venían atrás. Cada caído se levantaba más o menos magullado y continuaba su dichoso camino al mar.

Entonces llegó el chapaleteo y las risas. Miles de risas.

El mar hace reír.

Aunque no se vea.

Fuimos hallando nuestro sitio en el agua como se halla entre las masas de una fiesta religiosa. Nadie se desnudó porque ni dónde dejar las ropas ni cómo encontrarlas después.

«Soy una sirena», se puso a cantar el que dijo que era una sirena.

«Yo soy un cangrejo mordedor», dijo el cangrejo y se puso a tirar mordiscos.

«Yo soy un mejillón», dijo el mejillón.

Cuando los viajeros hablan del mar, la palabra que más utilizan es «inmensidad». Para nosotros el océano era apenas esa agua que tocaba nuestra piel.

«Mare nostrum».

Íbamos dando algunos pasos hacia lo profundo. Yo ya tenía el agua por encima del ombligo.

«El que dé un paso en falso», dijo alguien, «se perderá sin remedio en una caverna submarina».

«Llegará la tormenta».

«Y levantándose, reprendió al viento y dijo al mar: Calla, enmudece».

«Soy un pulpo», dijo el pulpo y extendió sus tentáculos.

Brincábamos y nos reíamos hablando de monstruos marinos que vendrían a engullirnos.

«Basta de estupideces», se alzó una voz sobre las demás. «Yo fui marino, y los marinos sabemos cosas que otros mortales ignoran». Quienes estábamos a su alrededor fuimos haciendo silencio para escucharlo. «Sé que éste debe ser el mar de Tracia, y allá en la lejanía», lo imaginé señalando hacia el horizonte, «hay una isla llamada Samotracia, con mucho vino y mujeres dispuestas a consolar a los marinos tristes». Su voz destacaba por sobre el bullicio de quienes no lo escuchaban. «¿Marinos tristes?, se preguntarán ustedes. ¿Cómo puede ser si los hombres de mar son libres y felices? Y sin embargo los mares son los más temibles carceleros cuando se flota en ellos, y la alegría del marinero deja de existir en la tormenta». Subía más la voz y se notaba irritado porque ya casi nadie le prestaba sus oídos. «Y han de saber que a veces los barcos se incendian...».

«¡Ya cállate!», dijo alguien y comenzamos a echar agua en dirección del orador marino.

«Inmensidad», dijo el mejillón y se dio a chapotear.

El pulpo se sumergió, burbujeó bajo el agua y salió de nuevo. «Dicen que los ojos arden con la sal».

«¿Qué viste allá abajo?».

«Muchas ninfas».

Otros nos sumergimos y tuvimos que decir que también habíamos visto a las ninfas.

El marino acrecentó la voz.

«¡No se porten como niños!». De nuevo captó el interés de unos cuantos. «Tengo algo importante que decir». Comenzó a rumiar un canto sobre un dios de los mares para que percibiéramos que se iba alejando. Ya a cierta distancia, anunció: «Si preguntan por mí, digan que me fui a Samotracia».

El canto se siguió alejando. Se entrecortaba.

«¿Si preguntan por quién?», llegaron las palabras que todos teníamos en la boca.

«Por mí», respondió la voz acuática, lejana, bienaventurada.

Allá él si quería irse a Samotracia, así fuera una isla o la cueva de una ninfa en el fondo del mar.

«¿Adónde van los marinos?».

«A Samotracia, señor».

«¿Y vuelven los marinos?».

«No, señor, de allá nunca se regresa».

El marino nos había pedido dos cosas. Una resultó fácil de acatar. Decir que alguien se fue a Samotracia habría de volverse frase hecha. Delante de la muerte, cuando otros dicen «ya está con el Señor» o «se fue al cielo» o «descansa en paz», algunos comenzamos a decir «se fue a Samotracia».

También nos pidió que no nos comportáramos como niños. Cosa imposible. El mar estaba ahí para volvernos niños, y nunca hubo niños ciegos tan contentos en el mar. Si los historiadores, en vez de ocuparse de batallas y emperatrices, contaran lo que en verdad deben conocer las generaciones por venir, habrían de dedicar muchas líneas a esos hombres con el agua a la cintura o en el cuello, que chapaleaban y brincoteaban, cantaban y reían y se olvidaban de la muerte, de las deudas y las ampollas, de las vilezas y el paso del tiempo, para celebrar como nadie ha celebrado jamás el triunfo de las tinieblas sobre la luz.

Prémeld no sabía que su niña de madera había caído en las manos de Timotéi, un titiritero improvisado que iba montando un modesto espectáculo por los caminos. Andaba de pueblo en pueblo, de aldea en aldea, pero no llegaba a las ciudades, donde el público exigía un poco más de calidad que un mero tablón que representaba a una niña y a la que el titiritero le había ensamblado dos brazos para que hubiese algo de movimiento. Le cambiaba la ropa y la niña podía ser una campesina o una princesa o una mártir o una beata. Los papeles de beata le iban cómodos a Timotéi porque los niños y los adultos que asisten a estas funciones no les piden mucho a las beatas, sino apenas que den algunas lecciones morales y repasen cualquier pasaje de la historia sagrada. La beata se viste de blanco y narra sus asuntos sin tener que actuar. «Les voy a contar la historia del niño al que se le cayó la lengua por mentir a sus padres».

Otros personajes exigían más acción y dotes actorales.

La hija de madera de Prémeld estaba con un hombre que la explotaba, pero no del modo en que Prémeld tanto temía, ya que en cualquiera de sus papeles la niña siempre salvaba la castidad. Lo más grave que llegó a ocurrirle como mártir fue que la llevaran a la hoguera o, en el papel de santa Gorgonia, que la pisoteara una recua de mulas para que luego Dios la curara milagrosamente. Como princesa la vivían casando con hombres que detestaba, incluyendo a un califa, pero ella siempre se las arreglaba para huir antes de que la unión se consumara. Y como campesina solía pasar hambre y frío, sufría los maltratos de una madrastra y alguna vez llegó a comérsela un lobo en invierno, pero nunca hubo leñador ni pastor que la tomase para sí.

Timotéi el titiritero terminaba su espectáculo, recogía algunas monedas y se echaba a las espaldas todo su menaje para andar los caminos en busca de otro pueblo donde montar su retablo.

«¡Ya viene el titiritero!», pregonaba.

Cuando Timotéi fue a la guerra y le sacaron los ojos, llegó a creer que había sido un castigo por haberse llevado a la hija de madera de Prémeld.

«¡Ya viene el titiritero ciego!», decía ahora.

La beata siguió contando la historia del niño al que se le cayó la lengua por mentiroso, pero nunca la del titiritero que perdió sus dos ojos por robarse a la niña de madera de la puerta de la casa del padre carpintero y la madre loca.

«¡Ya viene el titiritero ciego y la niña bonita!».

«Mejor te fuera no existir que vivir ciego». Eso dicen algunos en la taberna sin saber lo que están diciendo. Como si uno viniera al mundo sólo a ver.

Yo prefiero estar vivo.

Me embriago como no lo hace un muerto. Me embriago de vino y de vida y de amor a mí mismo.

Tengo mucho más que tierra.

Piso los sepulcros.

Aleluya.

Alguien lo explicó mejor con lo que vino a conocerse como «La historia de los treintaicuatro». Era un ciego que sabía manejar las cifras como otros manejan las palabras.

En la taberna me habían servido un cuenco con nabos cocidos. Me llevé uno a la boca y dije: «Parecen ojos». Yo esperaba alguna risa, pero en cambio escuché ese comentario de «mejor te fuera no existir».

Entonces brotó a mis espaldas una voz sosegada como la tienen los hombres cuando ya no son jóvenes. «Bien contados, fuimos catorce mil ochocientos treintaicuatro. ¿Pueden con ese número?». Él mismo dio la respuesta. «No pueden, y por eso hablan de cantidades llanas. El que sabe decir mil, sabe decir quince mil».

Dijo que en las batallas se hablaba de cinco, diez o veinte mil muertos. ¿Pero quién los contaba? ¿Por qué nunca había dieciocho mil doscientos setentaitrés cadáveres? El hombre hablaba muy satisfecho de pronunciar esas cifras.

«Ahora yo les pregunto», alzó la voz para asegurarse de que todos lo oyeran, «¿cuántos ciegos y cuántos tuertos caben en esos catorce mil ochocientos treintaicuatro?».

La pregunta se había lanzado como un reto. Pasó tiempo sin que nadie hablara y sólo por llenar el vacío alguien pidió que le repitieran la cantidad.

El hombre, que ya para entonces comenzaban a apodar el Numerista, no repitió ninguna cifra, sino que nos echó en cara nuestra ignorancia.

«Cualquier imbécil sabe que de esa cantidad salen catorce mil seiscientos cincuentaidós ciegos, ciento cuarentaiocho tuertos para guiarnos de vuelta a casa, y restan treintaicuatro».

El Numerista aclaró que no deseaba hablar de los miles ni de los cientos, sino de la más pequeña de esas cantidades.

«Los treintaicuatro», dijo. «Esos treintaicuatro dejaron una historia para quienes creen que es preferible la muerte a la ceguera. Pero no la cuentan ellos; la cuento yo». Golpeó la mesa con los nudillos. «Si me pagan el cuento».

«Tú pareces saber mucho», le dijo alguien. «¿Quién eres?».

Hubo silencio hasta que le pusieron delante un cuenco con algún potaje. Sorbió sin hacer apenas ruido.

Antes de que respondiera, yo sabía lo que iba a decir: «Un ciego».

La historia de los treintaicuatro se conoció así, como «La historia de los treintaicuatro»; en cambio a la historia de los catorce mil ochocientos no se le dio ningún nombre o título y ni siquiera puede decirse que alguna vez se relató. Hubo miles de historias, pero no una historia de los miles.

El Numerista acabó con su potaje y se puso de pie. «La historia de los treintaicuatro», dijo.

Después de la batalla de Klyuch, miles de prisioneros fuimos acarreados a marchas forzadas hasta Constantinopla. Había que mantenernos lejos del territorio donde aún se libraban algunos combates. Nosotros debíamos ser dóciles. La doctrina bélica manda conservar a los prisioneros con vida mientras dure una guerra, ya que sirven para negociar. Pero en caso de representar un riesgo hay que atravesarlos a todos con la espada. Lo mismo se hace si se vuelven una carga para el avance o si hay poca reserva de alimentos. «Hay que ejecutarlos a todos», dicen los sabios militares, «si al general enemigo se le pide la rendición y contesta con una bravata».

Los prisioneros se utilizan para probar agua que podría estar envenenada; para avanzar por delante cuando hay riesgo de una lluvia de flechas. Sirven para ser exhibidos, descalzos y humillados, en un desfile triunfal por las plazas de Constantinopla.

Basilio reclutaba prisioneros en sus ejércitos para las guerras en oriente.

Entonces podíamos acabar como esclavos de los infieles.

Alguien aseguró que allá les gustan los cautivos emasculados.

«Antes muerto que dejarme hacer eso», dijo alguien.

«Y allá hay que creer en otro dios».

Luego de toda la arrancadera de ojos, quedó un remanente de treintaicuatro prisioneros.

«Yo todo esto lo sé porque estuve en el último grupo. Uno de ellos contaba con un ábaco». Aquí se interrumpió. «¿Saben ustedes qué es un ábaco?». Y ante el silencio, continuó: «Uno de ellos contaba con un aparejo que sirve para contar».

«¿Qué hacemos con los que sobran?», preguntó.

Quizás había que cegarlos a todos. O dejar un tuerto entre ellos.

Por supuesto, los prisioneros pensaron: «Quizá nos perdonen la vista».

Pero el general a cargo no estaba para minucias. «Siendo así esto y eso, mátalos».

A empujones comenzaron a acarrear a los treintaicuatro. El hipódromo es sede de torturas y azotes, de amputaciones y ultrajes. También de carreras. Hace tiempo ahí mandó matar el emperador Justiniano a treinta mil de sus rivales políticos y la ciudad se apestó. Por eso, cuando no hace falta un público numeroso, ahora se prefiere un lugar junto a las murallas para cortar cabezas.

Tiene agua corriente y albañales que llevan la sangre fuera de la ciudad.

Los treintaicuatro condenados se dejaron conducir en silencio una corta distancia. Entonces uno de ellos dijo «¡no!», gritó «¡clemencia!», y al momento se quebró el ánimo de los demás. Se dejaron caer al suelo para no avanzar. Ahí los pisotearon y los tomaron de los cabellos. «¡Sáquennos los ojos!», pedían. «¡No nos maten!». No podíamos verlos. Pero ya nos parecía que ellos miraban con envidia nuestras cuencas vacías, y claro que nosotros de pronto nos sentimos afortunados. Mucha gente asistía al espectáculo. Se escuchaban risas y quién sabe si de verdad les parecía gracioso que alguien pidiera clemencia. Las súplicas que nada lograban en grupo pasaron a ser tan sólo de sí mismos. «¡No me maten!», decían ahora. «¡Sáquenme los ojos!». Habrán pensado que no iban a perdonar a los treintaicuatro, pero sí «a mí». Y ahora, haber retrasado su suerte de ciegos, procurando en todo momento ser los últimos de la cadena, se les había vuelto maldición. Los últimos serán los descabezados.

Algo en el decoro de esos condenados se había quebrado. Uno de ellos, el que más renegaba, tenía voz infantil, casi de mujer. Subió el volumen de sus aullidos y me quedó muy claro lo que estaba haciendo porque esos mismos aullidos demenciales habían sonado entre nosotros. El vocerío de la gente se volvió un rumor. «Si tus ojos son ocasión de morir, sácalos y échalos fuera de ti», dijo. «Yo voy a casa con los ciegos». Pude darme cuenta de todo como en un sueño. El chico cayó de rodillas. Mostraba sus ojos en las manos. Me abrí paso y fui hasta el sitio del que venían las voces. «Dámelos», extendí el brazo y sentí cuando a tientas me los colocó en la mano. «¿Dejaste a alguien?», le pregunté. El bullicio regresó cuando el chico me dijo algo. Quizás me dio un nombre de mujer, pero ya no lo escuché. O quizás sí. Dijo «Anelia». Pero yo olvido los nombres y recuerdo los números.

Los treintaicuatro se dejaron conducir en silencio al degolladero.

Porque así es como se dejan conducir los hombres.

Los ojos del chico estaban secos.

Parecían nabos.

«¿Y Anelia?», preguntó alguno.

Hubo un largo silencio. En el aire flotaba la vida y la muerte. Los hombres en la taberna revisaban sus cabezas por si conocían a alguien con ese nombre.

«¿Anelia?», dijo el Numerista y tardó un rato en continuar. «Anelia tiene seis letras».

«Tres juegos, dijiste, y sólo mencionaste dos».

Se trata de un juego que practicamos una sola vez. No le pusimos nombre. Nadie ganó y por poco muere un muchacho. O quizás se murió. Un grupo de cuarenta o cincuenta ciegos nos acomodamos en una formación muy cerrada, como para asaltar una muralla, pero sin armas ni escudos. A una distancia de diez pasos, varios compañeros tomaban ojos de las ánforas y los lanzaban. Debíamos abrir bien los párpados y esperar a que alguno se nos incrustara en las cuencas. Al tratarse de un juego nuevo que nunca nadie había jugado antes, no habría ningún experto, por eso dijimos que iguales posibilidades de acertar tendría un lanzador ciego o con ojos. A nuestras espaldas había un muro. Ahí detendrían su viaje los proyectiles descaminados. Para los que íbamos a recibir el ojazo había ventaja en estar ciego; un hombre con la vista sana tiende a apretar los párpados cuando anticipa una pedrada. Hubo varias rondas. Digamos que alcanzaron a lanzarse seiscientos ojos. A mí me golpearon varios. En el pecho, en el hombro. Uno me rozó la oreja. El más cercano me dio en la mejilla. No duelen los golpes de ojo por mucha fuerza con que se lancen. Las risas fueron inevitables y a un muchacho se le metió un ojo por la boca en media carcajada y se atragantó. Un ojo no es para tanto. Cuando jugamos al bo, me di cuenta de que se puede tragar como cualquier bolo de comida. Pero supongo que no es lo mismo pasar de modo voluntario un alimento que recibirlo a toda velocidad justo cuando la risa está provocando una aspiración agitada. El tipo cayó al suelo y comenzó a revolcarse. Pero ningún ciego tomó nota del asunto y seguimos jugando. Un atragantado no habla. Le debió resultar extraño estar aferrándose a la vida con gestos desesperados y rodeado de compañeros que no paraban de reírse. De esto nos enteramos poco después, porque llegó un tuerto a interrumpir nuestra diversión. Al muchacho se lo llevaron ya inconsciente. Dicen que lo hicieron respirar. Aunque no falta quien cuente que se murió. No sé si exista en el mundo otro cadáver al que hayan enterrado con un ojo en el cogote.

Tanteamos el suelo para recoger los ojos. Los regresamos a las ánforas.

Nos pusimos a jugar al bo.

Hubo algunos que no supieron volver a casa. Así le ocurrió a un muchacho llamado Aleksi. Lo reclutaron en el ejército y se lo llevaron. No conocía el camino de vuelta a su aldea. Quizás con ojos lo hubiese resuelto, pero en tan extenso territorio no tenía modo de dar con un caserío sin nombre junto a un arroyo sin nombre, al pie de un cerro al que llamaban el Cerro, con habitantes que tenían los mismos nombres que en cualquier otro lugar. Igual que en cada aldea, había puercos y gallinas, y en ese sitio, como en cualquier otro, se elaboraban los mejores embutidos del mundo entero. A esos ciegos que no pudieron regresar les llamaron los perdidos. Algunos supieron dar señas que nada tenían de geográficas. «Allá en mi aldea vivía una muchacha. Se llamaba Grota...», y no faltaba quien conociera la historia de la hermosa Grota, que desde niña fue procurada por principales ansiosos de que le llegara la edad de ser mujer. Nunca le llegó porque se la llevó una crecida de las aguas y, cuando recuperaron su cuerpo, se dijo que jamás mujer viva fue tan bella como esa muerta. Otro era del villorrio en que una madre echó a sus hijos pequeños en el horno del pan. Otro más de donde un rayo había carbonizado a cierto peregrino que venía de Roma y tal evento demostraba que se debía obedecer al patriarca y no al papa. Pero no en todas las aldeas habían nacido beldades ni caído rayos ni horneado niños.

Algunos comerciantes que iban de pueblo en pueblo sumaban a uno de los perdidos en sus caravanas y los iban exhibiendo para ver si alguien los reconocía.

Estaba el caso de un hombre llamado Presco. De él se cuenta que un comerciante lo llevaba en una carreta entre lentejas y trigo sarraceno. En uno de tantos mercados, Presco reconoció la voz de su mujer regateando el precio de los higos. «¡Orta!», la llamó. «¡Orta!». Y alguna persona también la llamó. «¡Orta, allá llevan a tu Presco!». Pero ella respondió que ése era un falso Presco, que el suyo era un hombre hecho y derecho con dos ojos alegres. El comerciante, muy distraído, azuzó a sus mulas para ponerse en marcha, sin la menor idea del infortunio que llevaba sobre ruedas.

Hubo casos más felices. Alguna madre distinguía a su hijo y corría a abrazarlo y lloraba al mismo tiempo de alegría y de pena. O el hombre que reconoció el olor de un queso en el mercado. Lo probó y dijo: «Es tan malo y rancio como el que hace mi vecino». No hubo sino esperar unos días a que llegase tal vecino con la nueva dotación de queso.

«¿Y Aleksi?».

«Allá voy».

Igual que a Presco, a Aleksi lo llevaba un comerciante en su carreta, sólo que ésta era de ajos, puerros y cebollas. Cuentan que por el rumbo de Strumitsa se acercó una mujer. «¡Hijo!», lo llamó.

«El más querido de mis hijos». Aleksi no reconoció la voz. No pensó que le hablaran a él. Pero sintió unas manos que lo abrazaban. A continuación, una voz de hombre: «Hijo, has vuelto. Nos devuelves la vida. Alabado sea el Santísimo». Ese mismo hombre dio la orden a dos muchachos. «Traigan a su hermano, pronto, que el becerro en las brasas nos espera».

Aleksi sintió que lo tomaban de un brazo y del cuello, y por la fuerza lo apeaban.

«¿Quiénes son ustedes?».

«Soy tu madre».

«Soy tu padre».

«Somos tus hermanos».

«No conozco sus voces».

«Además de ciego, sordo. Pobre hijo mío».

«¿Cómo me llamo?», preguntó Aleksi para ponerlos en evidencia, pero la respuesta llegó con maña.

«Ya mi hijo no conoce ni su nombre».

«Ciego, sordo e imbécil», dijo la madre.

El hombre volvió a hablar del becerro que les esperaba. «Becerro gordo», dijo.

Aleksi se dejó llevar con temor dócil.

Se acercaron a casa y era verdad que llegaba el olor de un becerro sobre las brasas. Eso le hizo pensar que todo era verdad y él estaba con sus padres y sus hermanos y la falta de ojos le había torcido los oídos y las voces y los recuerdos de esa pacífica casa en que tan bien se pasaban los inviernos. «¿Dónde está Marga?», preguntó por su hermana.

«Sí, claro, vamos con Marga», dijo el hombre.

Lo llevaron a un sitio cerrado donde dejaron de escucharse el viento y los pájaros. Ahí chocó con una barra de hierro a la altura del pecho.

«Empuja», dijo la voz del hombre.

Aleksi empujó y caminó en círculos, una órbita y cien y más, mientras crepitaba la piedra del molino.

Una vez que corrió la historia, no faltaron comerciantes que montaran ciegos en sus carretas para venderlos a esas familias que tanto los querían. Se curaban con el cuento de que era un oficio noble, pues los filisteos pusieron a Sansón a empujar la rueda del molino en Gaza. Y los molineros aseguran que los ciegos son los mejores en el oficio de rodar la muela porque no llevan cuenta de las vueltas y nunca se marean.

ⰶⰴ

Muchos vivían en ciudades. Así es que bastaba con decir «soy de Prílep» o «soy de Bitola» o «soy de Sredets». Y así la mayor parte volvió al sitio de donde salió. Hijos con sus madres; hombres con sus mujeres. Bienvenido a casa, ¿pero dónde están tus ojos? Algunos terminaron del mismo modo empujando el molino, pero el molino de la familia. Otros fueron espantapájaros de los sembradíos del lugar.

La historia del más feliz de los retornos fue la de Igorón, un tipo que no sabíamos ni por qué lo habían aceptado como soldado, puesto que era gordo en exceso. Y sin embargo sabía avanzar y correr al mismo ritmo que los demás. Agitaba mucho la respiración y sudaba más de la cuenta. Cuando acampábamos, había que enviarlo allá en la soledad porque sus ronquidos eran rebuznos. Él aseguraba que gracias a él se mantenían alejadas las fieras del bosque. Quizás fuera verdad, pero el estratego hizo notar que podía revelarle nuestra posición al enemigo. Así es que, cuando se acercaba una batalla, le exigía pasar la noche en vela.

Igorón no calificaba para las fuerzas montadas. En la infantería se comportaba tan valiente como el que más. Por su mera amplitud, corría el doble riesgo de recibir una flecha. Tenía algunas cicatrices, pero él decía que su volumen no era desventaja, sino lo contrario, pues andaba por el mundo con doble coraza. Así lo decía pese a nunca usar cota de malla; quizás porque no conseguía una de su medida, quizás porque ya era sumarle mucho peso al propio peso.

Igorón también sabía lloriquear, y lloriqueaba mucho. Echaba de menos a su mujer, y lo que ella le servía en cazuelas tan enormes como su querencia: tortas de alforfón, caldos de calabaza, morcillas y estofados de cerdo, puerros cocidos y coles fermentadas, huevos de sus gallinas ponedoras, un rancho de alubias para sólo ellos y algún panal de cera y miel los domingos, todo con abundante pan de avena cada día y de trigo en las fiestas de guardar. A ella la describía como la mujer más hermosa y entrañable de todo el imperio.

«Me sonroja ser tan presuntuoso», decía Igorón, «pero a veces me la confunden con una princesa».

No dudábamos de que fuese entrañable, pero acerca de su belleza había corrido el rumor de que la princesa tenía el volumen de su marido y que, cuando Igorón salía en campaña militar, a ella le tocaba doble ración en casa.

Otra ventaja llevaba Igorón, y era que todos estábamos dispuestos a correr algún riesgo con tal de que a él no le ocurriese nada malo. Ya habíamos visto muchos muertos en los terrenos de guerra, pero un cadáver con el cuerpo de Igorón sería una visión muy desdichada. Lo convertimos en nuestro estandarte. Mientras no cayera

Igorón, la batalla no estaba del todo perdida. Esto Igorón no lo sabía. Y si alguien recibía una jabalina que a Igorón iba encaminada, él lo consideraba un mero asunto de la fortuna.

Luego de la última batalla, muchos no supimos de la suerte de Igorón. Tan ocupados estábamos con nuestra propia malandanza.

«Ahora sí se nos murió», dijo alguien.

E imaginamos el gordo cadáver que sobresalía en el descampado sobre todos los demás. Un buitre sobre su vientre.

«Igorón».

«¿Qué será de su mujer cuando se entere?».

«La princesa».

Fue hasta la primera noche en el descampado, antes de la mañana de los cuervos, que guardamos silencio para negociar el sueño. Entonces se escuchó por el valle el categórico ronquido de Igorón.

Igorón dormía.

Quizás el único que dormía.

«No perdimos del todo la batalla», dije.

Hubo grande bullicio.

«¡Igorón!», se escucharon gritos como gritos de guerra. «¡Igorón!».

Nos abrazábamos sin ver a quién.

«¡Igorón!».

Maldita sea que no teníamos vino para celebrar.

Música para bailar.

«¡Igorón!».

Como respuesta no obtuvimos sino los mismos ronquidos del sueño profundo del gordo Igorón.

Tampoco Igorón sabía volver a casa. Ignoraba el nombre de su aldea por la razón de que su aldea no tenía nombre. Pero eso no fue problema. Poco antes del medio camino entre Ohrid y Srem se tomaba la desviación hacia Duklja; entonces se atravesaba una región montañosa como tantas en Bulgaria. Luego de un paso estrecho, se abría una planicie. Se seguía el primer arroyo corriente abajo y ahí estaba el caserío de Igorón. El sitio era conocido por los aromas de la cocina de la princesa. Algunos decían que el mejor venía de las lenguas de cerdo en salsa de rábano; otros preferían los riñones de cordero con remolacha. No faltaba quien se detuviera creyendo que era un parador, pero la princesa aclaraba al viajero que ella sólo cocinaba para su marido.

Un arriero montó a Igorón en una esforzada mula para llevarlo a casa.

La historia del reencuentro con su formidable princesa corrió por todo el imperio de Bulgaria en la lengua eslava, en griego y también en latín.

Se detuvo la mula desfallecida y con las gambas combas delante de la casa de Igorón. Él supo perfectamente dónde estaba y corrió hacia esa puerta pequeña por donde apareció la mujer con un cocido recién hecho de lentejas y patas de ganso como si le hubiesen avisado del momento exacto en que su hombre habría de volver. Igorón le dio un manotazo al cocido. «Vengo a otra cosa», dijo. Y la besó y acarició de modo tan preciso que ella no alcanzó a ver que él nada veía. La empujó al lecho de paja, pieles, borra y lana que en ese instante era el tálamo de la más pura de las princesas.

Los piojos saltaron por millares, huyendo despavoridos, pero tanto ímpetu, tanto alcance y vaivén de los amantes causaron mayor mortandad entre ellos de lo que Basilio Bulgaroktonos llegó a causar entre nosotros.

Aunque se ha visto que es preferible perder la vista que perder la vida, ocurre que hay mayor serenidad en la muerte que en cualquier desojamiento. Cuando se cortan cabezas, los verdugos no andan correteando a sus víctimas. Lo natural es que el condenado se ponga de rodillas y espere el golpe de la espada con mayor o menor serenidad, haciendo siempre su mejor esfuerzo por no acobardarse. Reza lo que haya que rezar, se arrepiente aun de lo que no se arrepiente y ruega para que el filo del acero sea certero en la primera oportunidad. En cambio, el sacaojos no puede decirle a su víctima «recuéstate un momento mientras te vacío las cuencas». Tres ayudantes necesita el sacaojos. El verdugo de espada actúa solo. No genera malquerencia; es un hombre que cumple con su trabajo. Pero al sacaojos se le injuria a cada instante, se le manda mil veces al infierno.

Que nadie diga que abrió los ojos de par en par y dijo: «Tómalos».

Nos dieron bolsas con bucelato e higos secos, y nos condujeron por las calles de Constantinopla hasta alguna de las puertas.

Era nuestra primera marcha sin ojos y nos faltaba destreza. Andábamos con pasos cortos. Extendíamos los brazos. Nos pisábamos los talones. No hace falta tener ojos para relatar que andábamos, extendíamos y pisábamos. De haberlos tenido, me pondría a describir los palacios de aquella ciudad, la muralla, los rostros de la gente; hablaría del color de sus vestidos, de una mujer adornada con tales o cuales prendas, de la sonrisa de un desdentado. Diría que en los portales de los comerciantes se vende todo tipo de efectos y haría un listado de esos efectos, por largo y obvio que fuera. Platería, perfumes, joyas, cerámica, legumbres, granos, especias, telas, arreos para caballos, carne. Y al hablar de la carne, decir de qué tipo de animal y mencionar las moscas y las ramas de palma que agitaba un muchacho para espantarlas, y así alargar este relato como quien echa tanta agua al vino que acaba por saber a agua. Al hallarme a mitad de la procesión de ciegos, estaría muy tentado a mencionar que no alcanzaba a ver a los compañeros de la vanguardia porque se perdían en el serpenteo de las calles de la ciudad. Tendría que describir columnas y obeliscos, las estatuas de animales y de emperadores del pasado, de dioses de otros tiempos; hablar de las incontables iglesias y de las cruces en esas iglesias y del modo en que el sol se reflejaba sobre ellas. Por necesidad diría que se trataba de una mañana clara. Hablaría del agua cristalina de las fuentes, de la blancura del mármol, del verdor de los árboles, del cielo azul. Los ojos suelen hablar de más. Los ojos malgastan tiempo, páginas y tinta. Cuando uno deja de ver la vida lo que hace es vivirla. Por eso, en vez de entretenerlos con un largo discurso sobre esa primera vez en que marchamos sin ojos, apenas les diré que andábamos con pasos cortos, extendíamos los brazos y nos pisábamos los talones.

Tan pronto como se dieron por terminadas las exequias del zar Samuel, vino otra ceremonia luctuosa. Era hora de dar sepultura a los ojos. No a todos, puesto que muchos de los que recibieron sus ojos en las manos habían preferido llevarlos a casa. Otros los habían lanzado a medio camino. Otros se habían perdido en algún acto de malabarismo o en cualquier otro juego. Un ojo terminó en el cogote del ciego que se asfixió. Los perros se comieron algunos cuantos allá en Constantinopla. Y los de Kozaro el escriba se mantenían bien aliñados en su recipiente con aceite y vinagre.

Aun así se contaban más pares de ojos que ciegos, pues buena parte de éstos ya se había retirado a sus pueblos; además había que restar a los que murieron en el camino. Igorón no asistió porque continuaba en su luna de miel. De cualquier modo, sobrepasamos por mucho la capacidad de la iglesia, así es que la mayoría permaneció afuera.

Ahí estaba Bromo el cerdo, que todavía no era cerdo sino un muchacho muy formal.

Estaba Aleksi, que aún no se dedicaba a empujar la piedra de un molino.

También el pulpo, el mejillón y el cangrejo mordedor, que se habían vuelto muy amigos.

La homilía no fue muy bien recibida porque el patriarca Filipo mencionó aquel pasaje de «por mucho que oigan, no entenderán; por mucho que vean, no comprenderán». Algunos no contuvieron la risa y otros prefirieron tantear el camino hacia la puerta de salida. Al patriarca Filipo todo le molestaba y nos llamó herejes. Lo hacía con frecuencia. «¡Herejes!», volvimos a escuchar.

Vaciaron las ánforas de ojos en salmuera dentro de varias artesas de panadero que al tacto pasaban por féretros, o quizás eran féretros que semejaban artesas de panadero. Las colocaron al pie del iconostasio a los lados de las puertas reales. Algunas mujeres se acercaron al granel de ojos. Los manoseaban como si estuviesen limpiando garbanzos, seguras de que podrían identificar los que habían pertenecido a sus maridos. Pronto supieron que esos ojos eran indistinguibles unos de otros.

Una mujer abofeteó a su hombre por ser tan igual a cualquiera.

Otras no llegaron a tanto, pero en el aire había un ambiente de decepción.

«Si nosotras fuéramos las ciegas», dijo una de ellas, «cada ojo gritaría nuestro nombre y nuestra historia, y hasta se sabría cuál fue izquierdo y cuál derecho».

Comoquiera algunas mujeres se apropiaron de un par que ocultaron entre las ropas para llevarlo a casa.

La que había abofeteado al marido se apoderó de veinte ojos. «Y tú ni cuenta te vas a dar», le susurró al oído.

Por ahí estaba el padre de Seráfim, pidiendo a la gente que si veían dos ojos tan azules como el más azul de los zafiros se los dieran a él, porque esas gemas no eran para una tumba colectiva.

Condujeron las artesas al camposanto cantando un canto sobre la vida eterna. Allá los esperaba un foso profundo y empedrado.

El Numerista calculó que tanto ojo debía pesar lo que tres muertos.

Se hicieron dos largas hileras con los ciegos. Cada uno tomaba dos ojos de las artesas. Los echaba en el foso y hacía la señal de la cruz.

Suponían que por puro azar a algunos les tocaría dar sepultura a uno de sus ojos.

Sonaban las campanas de todas las iglesias.

Cuando llegó mi turno, arrojé un ojo y el otro me lo llevé a la boca. Una mujer se escandalizó pensando que me lo iba a comer. Pero yo lo expulsé. «¡Bo!».

Me dijeron que cayó en el suelo y de rebote entró en el foso.

Los que venían detrás de mí hicieron lo mismo. «¡Bo!».

La ceremonia había comenzado temprano de mañana.

Ya se iba ocultando el sol cuando el último ciego de la fila disparó el par de ojos hacia el sepulcro.

No hubo accidentes desagradables. Ningún ciego cayó al foso.

Al final sobraron ojos en las artesas.

El padre Alzeko mandó que los vertieran en el sepulcro.

Entre varios hombres colocaron una losa. Tenía una inscripción con las letras de Cirilo y Metodio. «En tu luz veremos la luz».

Hubo algunos rezos y bendiciones.

El lugar se fue quedando vacío.

Los ojos se quedaron solos.

Esa noche unos cuantos ciegos tuvieron la certeza de que los habían enterrado vivos.

Cuando una persona con ojos sueña que la enterraron viva, es fácil sacarla de su error. Basta con la salida del sol o con encenderle una vela o una lámpara. Quizás hagan falta unas bofetadas. Pero a estos ciegos no les llegaba el día ni se iluminaban con velas o lámparas. Si se les acercaba la llama para que sintieran el calor, se creían ante el fuego del infierno.

No hay quien se ría de los gritos del que grita en su tumba.

En las casas donde esto ocurrió, la mejor opción fue sacar fuera al hombre empavorecido. En el campo se sentía de inmediato la brisa, el aroma de la hierba, y pronto cesaba la sensación de asfixia. En la ciudad no era tan claro el correr del viento, pero el frescor de la noche y las voces de los vecinos servían de remedio.

Algunos cayeron en la cuenta de su error; otros creyeron que en verdad los habían sacado de sus tumbas. En cualquier caso, quedaba la huella del miedo. «El sepulcro es más oscuro que la ceguera», dijo uno de ellos.

Hubo uno que no acabó de curarse. Ni de noche ni de día ni con brisas ni bofetadas ni llamaradas ni frases de su mujer al oído. Fue Vancho el curtidor. Él no había asistido al funeral de los ojos. Vivía a dos jornadas de camino de la capital, y aunque nadie pueda asegurar estas cosas, se asegura que sus agobios llegaron en el instante en que depositaron la losa de «en tu luz veremos la luz» sobre la colecta de ojos. Vancho pasó cinco días en la brega por salir del foso. Se desmayaba después de mucho forcejear. Eso daba tranquilidad durante unas horas a la familia, sin que nadie tuviese ánimo para ocuparse de curtir pieles. A ratos Vancho recobraba el sentido, si a eso podía llamársele sentido, cada vez con menor aliento. Fue pasando de los gritos a la rabia hasta llegar a un llanto resignado.

Luego de estar muerto de miedo, muerto de sed, muerto de hambre, muerto de cansancio, y hasta muerto de sueño, se murió.

Si Vancho veía la muerte cuando vivo, sus parientes se preguntaron qué vería ahora que estaba muerto. Optaron por esperar antes de sepultarlo. Después de lo que había ocurrido, era justo temer la malaventura de enterrarlo vivo por segunda vez. Lo colocaron en un camastro al pie de un haya.

El otoño le regaló un manto de hojas. Los niños venían a verlo y a picotearlo con ramas secas. Las hojas rojas y amarillas eran como el fuego.

Vancho comenzó a heder, pero esto apenas se notaba entre los malos olores de una aldea de curtidores. Cuando se llenó de moscas estuvieron seguros de que ya no iba a despertar dentro de ningún sepulcro.

Nada cercano a esto pasaba en casa de Igorón. Él dormía más horas que un niño y roncaba de manera tan feliz que el gallo prefería callar por las mañanas.

El padre de Seráfim había estado muy al pendiente de cada ojo que echaban en el sepulcro. En ningún momento distinguió los ojos azules de su hijo.

Y es que esos ojos eran tan agraciados que se los había quedado el pescadero Longino. Los mondó con especial cuidado. Le quedaron tan redondos que bastaba una mínima pendiente en la mesa para que rodaran. Los llevó a casa y los metió en un envase del vidrio más transparente con la mejor pócima que tenía para conservar moluscos. Les contaba la historia del pescador que tocaba la flauta; pero en su versión los peces se asomaban a bailar. Por la mañana los colocaba en el alféizar y se maravillaba del modo en que el sol brillaba en ellos. El precio de mirar el sol era la ceguera, pero esos ojos ya habían pagado por adelantado.

Luego de un tiempo se volvieron turbios. Longino se había encariñado con ellos y no tuvo el ánimo de verlos envejecer.

Se montó en una embarcación que surcaría el mar Egeo.

«¿Qué llevas ahí, Longino?».

No era tan fácil distinguir que en ese recipiente iban los dos ojos azules de un búlgaro que miraban para ser admirados.

Cinco días tardaron en atravesar el Propóntide, y entraron en el estrecho del Helesponto. Al atardecer del sexto llegaron adonde la tradición asegura que el iracundo Jerjes mandó azotar el mar mil quinientos años atrás. Ahí Longino derramó el contenido de su recipiente como en una libación.

Vio flotar los ojos mientras el barco se alejaba, y se dijo que parecían dos medusas, aunque ciertamente no lo parecían.

Se cuenta que a partir de un centro marcado por esos ojos, las aguas ondularon y se volvieron de un color azul que competía con los cielos. Pero esto, por supuesto, es mentira.

O mala poesía.

Ripsimia se llamaba la mujer que robó los veinte ojos. Su marido, Ivailo, había tenido excelente reputación por su habilidad con la lanza y la pica. También tenía buena fama como talabartero. Hacía cintos que le mandaban pedir algunos boyardos. Sin embargo, la mujer tenía tal carácter sumado a su belleza que a Ivailo no lo conocían como Ivailo el lancero ni Ivailo el talabartero, sino como Ivailo el de Ripsimia.

Ivailo fue a la cama con la mejilla aún palpitante por la bofetada que le había dado su mujer.

Ella se estuvo quieta, sentada en un banco, esperando a que el marido se quedara dormido. Afuera estaba por anochecer y dentro ya estaba oscura la casa. Ripsimia tomó una astilla resinosa y salió a buscar fuego con los vecinos. Pronto regresó con lumbre para encender la lámpara de aceite.

Tenía puesto su mejor vestido, el de entierros y fiestas.

Del zurrón sacó los veinte ojos que se había robado.

Si en la iglesia le parecieron todos iguales, la luz del fuego les dio matices que los diferenciaban. No pensó que tuviese diez pares de ojos. Eran veinte que habían pertenecido a veinte guerreros viriles, corpulentos, de barbas tersas. Colocó sobre la mesa su harén de ojos. Todos miraban hacia ella.

Comenzó a bailar y a desvestirse. Ondulaba. Daba vueltas para mostrar sus hemisferios. Las yemas de los dedos se lanzaron en periplo por su piel y la propia Ripsimia fue la primera en sorprenderse al notar su arte en el oficio de encantar. La música no era de vivas percusiones sino lenta, con cuerdas y vientos melancólicos, y Ripsimia se movía como derrotando el paso del tiempo. Veinte hombres la miraban sin siquiera parpadear. Ella se acercó a cada uno y a cada uno lo besó. Bailó con ellos de dos en dos, y aunque los ojos le pedían más y más, ella dijo que no, que la primera noche no. Los regresaba a la mesa y tomaba otros dos. Y si alguno rodaba y miraba hacia otro lado, ella le clavaba la uña con delicadeza hasta hacerlo rectificar. «Acá está la diosa», le decía, y el ojo no hacía sino mirarla y lamentarse de que sólo fuera ojo. ¿Pero acaso el paraíso no era contemplar a la diosa por siempre jamás? Y Ripsimia la divina se dio cuenta de que veinte le parecían pocos. Habían de ser miles o infinitos. Que la miraran todos, menos su marido.

El aceite se consumió y el fuego se apagó.

El de la lámpara.

Fue verdad que esa noche algunos se creyeron enterrados vivos. También fue cierto que veinte ciegos se vieron muertos y en la gloria, y maldijeron el momento de despertar y enterarse de que aún eran habitantes de esta tierra.

Apóstol era el espantapájaros ciego de varias plantaciones en las afueras de Strumitsa. Dado que se llamaba como se llamaba, siempre hubo quien le dijera Simón o Pedro o Juan o Mateo o Tadeo o Judas o Tomás o Felipe o Andrés o Santiago, pero por cualquier razón nadie llegó a llamarlo Bartolomé. Había ganado experiencia con aquel cuervo que le mondó las cuencas recién salido de Constantinopla, así es que por las mañanas lo primero que hacía era tenderse en el suelo a esperar al primer maldito que viniera a picotearlo. Apenas se le montaba en la cara, lo cazaba con suma destreza y lo apretujaba. El mínimo de un cuervo al día era su cuota. Una vez llegó a los diecisiete.

Corría el otoño. Época de las cosechas tardías. Espinacas. Puerros. Coliflores. Ajo y remolacha. Apóstol iba descalzo para tentar los andadores y recorrerlos sin pisar surcos ni brotes. Cantaba un himno a la lluvia y aleteaba los brazos para que las aves lo tomaran en cuenta. Se detenía y escuchaba. Detectaba cualquier mordisco de oruga, y la alimaña no tenía posibilidad de disimularse entre el color verde porque Apóstol espantapájaros ya no sabía de colores. Índice y pulgar acababan con ella. Apóstol no la tiraba porque esa oruga atraería a otros insectos. La echaba en una bolsa y al final de la jornada arrojaba todos los cadáveres en el arroyo aledaño.

Por la noche desplumaba a los cuervos. Regalaba las plumas pequeñas a un sastre que hacía vestidos y tocados de luto.

Nadie usaba plumas de cuervo para escribir.

Porque al anticristo no le daba por escribir.

Tampoco se utilizaban las de paloma por no desplumar al Espíritu Santo.

Apóstol se construyó unas alas negras con las plumas más grandes de los cuervos más grandes.

Las extendía, las batía. Iba de un sembradío a otro. Era un ave que no volaba. Un ave a la que temían todas las aves del mundo. El ave más venturosa del universo.

Porque pensaba que sí volaba.

Que es lo mismo que volar.

Vuela, Apóstol, vuela.

Vuela en la noche que no acaba.

Volaban Mateo y Simón o Pedro y Juan y Judas o Tadeo y Tomás y Felipe y Andrés y Santiago el menor y tal vez el mayor.

A varios de los apóstoles los habían crucificado, al derecho o al revés, a otro lo decapitaron, a uno más lo desterraron, al otro lo desollaron, a uno le encajaron una lanza y a otro, una espada, a uno más lo lapidaron y estuvo el que arrojó las monedas en el templo, y fue y se ahorcó. «¿Pero a quién?», preguntó Apóstol mientras volaba entre nubarrones, «¿a cuál de ellos le sacaron los ojos?».

Nadie escribía con plumas de cuervo.

Ya se dijo.

Pero Apóstol se había compuesto unas alas del tamaño de un ave gigante.

«Soy el pájaro ciego».

«El apóstol ciego».

«El apóstol volador».

El que creía sin meter el dedo en el lugar de los clavos.

Ni la mano en el costado.

Movía montañas.

«Los que esperan en el Señor tendrán nuevas fuerzas; levantarán alas como las águilas».

Tal era su fe que no tardaron algunos hombres y mujeres del lugar en decir: «Apóstol vuela».

Corría entre las zanahorias, y las zanahorias crecían fuertes y sabrosas, sin bichos que las hicieran palidecer. No había coles mejores en todo el imperio de Bulgaria que las coles amparadas por el gigantesco pajarraco negro.

Concédenos, Apóstol, buenas cosechas.

Cuando el sol apenas se ocultaba, Apóstol subía a un altozano en el centro de las plantaciones y extendía sus alas.

Espantaba a los pájaros.

Espantaba también a los hombres.

ⰊⰃ

Si alguno tiene todavía la maldita duda, si sigue preguntando cómo fue que quince mil hombres se dejaron sacar los ojos, le voy a decir que no hay modo de cegar a quince mil hombres. Es imposible que tantos hombres se dejen cegar. Nadie llega un día y dice: «Queridos quince mil hombres, pasen por favor en orden adonde les vamos a sacar los ojos». No, señores, todo se oculta. Nos dicen que seremos esclavos. Nos dicen que volveremos a casa. O no nos dicen nada. Nos van llevando en grupos pequeños. A quince mil no se les sacan los ojos. Pero sí a diez. A cincuenta y hasta a noventainueve. Ya vendrá otro grupo de diez. De cincuenta. De noventainueve. En quince mil días un recién nacido cumple cuarentaidós años. En otros quince mil días se muere de viejo. Ningún niño acepta ser un anciano. Pero todo llega. Gota a gota. Ojo a ojo.

«Yo tengo otra duda», habló alguien.

«Ya sé cuál», le dije.

Habíamos caminado más de un mes, desde Constantinopla hasta Ohrid, casi todo el trayecto en territorio enemigo, y cualquiera sabe que un ejército ha de reunir tres cosas: agua, leña y comida.

El agua se da sola en esa temporada. Abundan las corrientes, los arroyos, ríos y manantiales.

No juntábamos leña. No encendíamos fuego por las noches para calentarnos. Se acercaba el mes de octubre y las vigilias se van enfriando, pero no tanto para incomodar a una tropa bien templada. Podíamos andar más rápido que un ejército en forma ya que no cargábamos con todo el hierro que lleva un soldado. Hierro para matar, hierro para que no lo maten. No sé cuál pesa más.

«¿Y la comida?».

Cuando nos echaban la pregunta, llegamos a decir que había sido una temporada con abundantes bayas silvestres, cosa cierta, pero no tanto para apaciguar el estómago de quince mil hombres. Dijimos que los campesinos se mostraban generosos cuando nos veían pasar. Cosa que nunca ocurrió. Hablamos de manzanos y ciruelos que dejaban caer sus frutos a nuestro paso; también de raíces, de insectos.

La verdad fue otra.

Ocurre que Basilio era el menos interesado en que muriéramos de hambre.

Para eso mejor nos hubiera matado a todos.

Él nos mandó de vuelta a Samuel. Su plan fue convertirnos en un gravamen para el imperio de Bulgaria. Que hombres y mujeres nos vieran por las calles como recordatorio de una derrota. Que inundáramos los atrios y las plazas y extendiéramos las manos para pedir limosna o aprendiéramos a tocar un instrumento como los ciegos de nacimiento.

Por el camino, cada segundo o tercer día, encontrábamos el maná de Basilio.

Bucelato y frutos secos.

Regalábamos parte de nuestras raciones a Igorón para que volviera bien embarnecido con su princesa.

Nadie renegaba tanto como Nikifor el panadero ciego.

«Me darían cien azotes si preparara un pan tan malo como éste».

En cambio al encargado de suministros, que habríamos de conocer como el Numerista, le admiraba la industria de los enemigos para proveer el bastimento.

Había que remojar el bucelato en la boca antes de atreverse a morderlo.

Nos humillaba comer esa galleta seca y dura enviada por quienes nos sacaron los ojos, pero la humillación es cosa espiritual; y el hambre, muy del cuerpo. Mantenernos con vida era el juego de Basilio.

Y aceptamos jugar.

Por eso, cuando nos preguntaban sobre lo que comíamos, optábamos entre el silencio o la mentira.

«Los campesinos son gente muy generosa con los ciegos», dije.

8%

Ya se conoce «La historia de los treintaicuatro», pero hubo otra historia de otros treintaicuatro. Se dio cuando marchábamos por una vereda junto a un acantilado. Allá abajo se escuchaba el paso de un río. Alguien corrió, dijo «al agua voy» y saltó. No se escuchó un chapaleo. Se había estrellado contra las rocas. Ningún problema en morirse así. Al contrario. La cosa está llena de belleza. No hay que pensar en el cadáver roto allá en el fondo. Hay que imaginar el vuelo hasta el último instante. Hay que imaginar que en verdad se llega hasta el filo del acantilado y entonces se salta; y no que el suelo de pronto se acaba y se pisa la nada y la cabeza va a dar con la primera piedra. El ciego que salta ve la nada antes de él mismo volverse nada. El que tiene ojos no ve sino un hombre caer cuando le dicen «hombre brinca por el acantilado», pero el que no los tiene lo ve volar. Un segundo ciego dijo «al agua voy» y lo mismo corrió y lo mismo saltó. Es como ir a Samotracia de manera más veloz. Contar hasta tres y estar allá. Hubo más saltos al mismo grito de «al agua voy». Luego cambiaron los versos. «¡Corro a los montes!», gritó uno. «¡Huye de Babilonia!», gritó otro. «¡Hijos de la medianoche!». Nos preguntábamos si alguno caería justo encima de otro. «¡Sombra de los astros!». Uno más gritó:

«¡Voy a Samotracia!», y por primera vez se escuchó el cuerpo que choca con el agua. Eso bastó para detener los saltos por un rato. Un volador lo había logrado. Le gritamos, pero no hubo respuesta. Ahora un cuerpo era llevado por aquel río. «¿Alguien sabe quién era?». A partir de él las aguas se tiñeron de rojo. Un rojo cristalino. Un rojo imaginado que es más intenso de lo que ha visto cualquier ojo. Una obra sublime. Un artista desconocido. Otros más saltaron. «¡Voy a Samotracia!». Pero ningún sonido de agua. «¡Voy a Samotracia!». Emulación, imitación, plagio, pero nunca como el original. Uno más en busca del trofeo dijo que lanzaría sus dos ojos e iría detrás de ellos, y hubo de narrarlo para que lo viéramos. «Lanzo un ojo, lanzo el otro, y voy por ellos». Cuando cayó sobre las rocas alguien hizo notar que fue el peor, que ni en las palabras ni en los ojos volantes ni en su salto hubo pizca de poesía. «Señores», dijo la voz, «el silencio es tan bello que la poesía ha de ser grande para romperlo». No estuvimos seguros de entender, pero pasó un buen tiempo antes del siguiente salto. Al fin escuchamos el trote de un volador. Saltó y en el santiamén de su vuelo gritó: «¡Si yo pudiera...!». Los siguientes quisieron también versificar. «¡Si acaso un hombre...!». Otro más: «¡No falta el aliento...!». El penúltimo: «¡Allá la luz...!». El último dijo, casi en un susurro, para que pocos lo escucharan: «Que nunca nadie diga...». Y aquel que antes había hablado de poesía preguntó si entre tantos miles de ciegos existía alguno que se atreviera a rematar esas palabras para convertirlas en un verso. «¡Si yo pudiera!», gritó. «¡Que nunca nadie diga!».

Algunos lo habremos pensado al menos un rato. Muerte. Río. Piedras. Aire.

«Allá la luz».

«¿Allá dónde?».

Reanudamos la marcha.

«Yo conté a los voladores», dijo una voz.

Habían sido treintaicuatro, y sin embargo esta historia nunca se conoció como «La historia de los treintaicuatro voladores».

ზძბ

Luego de desobedecer la orden del emperador Basilio, maese Zósimo sacaojos perdió la posibilidad de un sueño tranquilo. Le venía la imagen de él mismo maniatado por tres hombres y, a falta de otro maestro cegador, llamaban a un novicio.

En las crónicas de la extracción ocular forzada se relataban algunos casos de torpes desojamientos que arrancaban también los párpados y multiplicaban los dolores de la víctima al punto de que algunas morían en el proceso. Maese Zósimo nunca pensó en adiestrar a un aprendiz. Sacar ojos era un arte. Ningún otro oficio daba los rudimentos para este trabajo. Ni el de barbero ni el de sastre ni el de cocinero. ¿A quién contratarían, entonces, para sacarle los ojos? ¿A un herrero? ¿A un carnicero? En vez de sus bonitos enseres, Zósimo pensaba en cualquier grasoso instrumento de cocina. Se obligaba a reemplazar sus temores por inquietudes banales que apenas unos días antes le ocupaban la mente. «Hay una baldosa suelta en la escalera». «El cabello de mi mujer está encaneciendo». «Hay más mosquitos que el año pasado». Y esos insectos que tanto despreciaba cuando le zumbaban por las noches en las orejas ahora le parecían ángeles minúsculos.

Luego del pródigo desojamiento de búlgaros, sin duda habría en Constantinopla cantidad de hombres con mucha experiencia. «Pero con poco arte», se repetía Zósimo, y le mortificaba saber que su profesión se había abaratado.

Una mañana tocó la puerta un vendedor de leña. La mujer le dijo que volviera dentro de una semana. Fue adonde el marido y lo halló lívido y temblando.

«¿Qué te pasa?».

«Hay una baldosa suelta en la escalera».

Maese Zósimo tomó el cofre con sus aperos. Se vistió tan campesinamente como pudo y montó un burro.

Pasó por el monasterio de San Juan el Precursor para despedirse del diácono ciego.

«¿Cómo siguen esas cuencas?».

«Tan bien», dijo el diácono, «que cuando cierro los párpados no me doy cuenta de que me sacaste los ojos».

«Me voy», Zósimo sirvió dos vasos de vino. «No acaté una orden del emperador y habrá un castigo guardado para mí».

Bebieron un trago.

«Te deseo una larga vista», le dijo el diácono.

Maese Zósimo salió por la puerta Dorada y tomó la vía Egnatia. Dio un fustazo al burro y le pidió que lo llevara lejos de sus demonios.

ŏЭ

Milko era de aquellos a quienes habían entregado sus ojos. Los cuidó todo el camino. Los enjuagó en el mar. Nunca los prestó para ningún juego ni los lanzó por un acantilado. Los protegió de las hormigas. Fue percibiendo cómo iban maloliendo y secándose. Hubiera matado a quien se los quisiera arrebatar. Pero ahora que llegó a casa le parecieron cerezas podridas y lo primero que hizo fue encaminarse al fuego. Echó su par de ojos. Chisporrotearon y despidieron un olor que no era de carne ni grasa ni cartílago ni se le podía comparar con otra cosa. Era olor de ojo quemado.

Se sentó en un rincón.

Milko llamó a sus dos hijas mellizas. Las tomó de las muñecas. Tenía los párpados bien apretados. Entonces los abrió. «¡Tengan!», gritó. «¡Tengan!». Las dos niñas dieron un paso atrás, pero él las sujetó con fuerza. «Soy el bárbaro sin ojos, el que ve con el alma, el que todo lo ve». Comenzó a reír. «Veo que una de ustedes irá al convento; la otra parará en un burdel». A juzgar por su carcajada había dicho algo gracioso. Al principio contagió a las niñas. También reían. Pero al poco tiempo ya estaban llorando, llenas de miedo y tratando de liberarse de la mano de Milko. La madre las rescató. Las llevó con unos vecinos. Ahí siguieron escuchando la risa. «¡Soy la bestia sin ojos!». Siete días pasaron así. «¡Soy como Dios!». A veces bajaba el volumen. A ratos eran carcajadas. «¡La bestia! ¡La bestia!». Siete días parecen muchos. «¡El convento y el burdel!», clamaba. Pero así se dijo que ocurrió. Un perro deja de ladrar antes. Milko no. Siete días saliendo sus gritos y risas por la puerta cerrada, por los muros y el techo de paja.

Lo encontraron en el mismo rincón. Sentado en el suelo con las piernas cruzadas, tal como lo habían dejado. En perfecto silencio. Con la menos radiante de las sonrisas.

Para entonces ya habían escarbado su foso.

Ya habían orado por su alma.

Así es que sin más ceremonia lo echaron en el agujero y lo cubrieron con tierra.

Una niña le dijo a la otra: «Yo voy al convento».

La otra maldijo al padre.

Como era de esperarse, la gente del lugar dice que de la tumba salen risas. Otros dicen que no, que se oye un llanto quedo que viene de una profundidad más honda que la fosa.

También dicen que las hijas de Milko ya no ríen.

Y dicen que tampoco han vuelto a llorar.

Además cuentan, aunque me cuesta creerlo, que al entierro de Milko asistieron el archimandrita y el padrote para mirar bien a las hijas y elegir cuál le tocaba a cada cual.

ⰼⰶ

La vanguardia de la columna de ciegos fue guardando silencio. Con algo habían topado. «¿Qué pasa?», preguntaban los de atrás, y la pregunta iba avanzando por la culebra de gente hasta llegar a la cabeza. Entonces se dio la respuesta, que fue acarreada en sentido contrario, de boca en boca tal como de mano en mano se pasaban el cascajo al construir una muralla. Era apenas una palabra que pesaba más que cualquier piedra: «Klyuch».

«¿Por qué nos trajeron de vuelta?», casi todos se preguntaban lo mismo. «¿No había otra ruta?».

Ahí seguían los restos del muro y la estacada con los que el zar Samuel intentó detener el paso del ejército de Basilio Matabúlgaros. Había varios huecos por los que el enemigo acabó entrando y por donde salió la recua de prisioneros hacia Constantinopla.

Cada ciego pudo muy bien imaginar el paisaje porque ahí estuvieron varias jornadas estacionados antes de la batalla, vigilando bien el entorno, escrutando las montañas y la espesura en busca de cualquier reflejo que denotara un casco o una espada. Eran días en que confiaban más en la vista que en el oído.

No, otra ruta no existía. Ése había sido el paso obligado de Basilio. Y por eso mismo ahí decidió el zar Samuel hacerse fuerte.

Pero Samuel huyó a todo galope junto con su hijo Gavril Radomir sin preguntarse cuántos muertos, cuántos prisioneros había abandonado.

Los ciegos franquearon la empalizada.

Algunos habían participado en otras batallas y conocían lo que era visitar un campo de muerte al día siguiente. Cuerpos con las entrañas vaciadas, cabezas machucadas, rostros aplastados, cráneos abiertos, brazos sin dueño, manos, pies, orejas, narices también sin dueño, lanzas que sodomizaban, espadas que aprovecharon el último grito para entrar por la boca, tierra pastosa de sangre. Lo más repugnante no estaba vedado para un ciego. El sol pudría muy pronto la carne. Muchos cuerpos habían deyectado lo que no desearon llevarse a la otra vida. Son olores que permanecen en la memoria cuando ya la imagen se fue. Y hay que sumar el zumbo de infinitos bichos, sonidos que después de años siguen apareciendo en los sueños.

Aquí ya se habían ido los olores de muerte.

Casi dos meses habían pasado desde la batalla.

Continuaron avanzando. Los pies topaban con huesos. Tropezaban con las carcasas de caballos.

Si alguna vez los ciegos envidiaron el ojo del tuerto fue ahora.

O quizás no. Era preferible imaginar los esqueletos de esos hombres. Usar las manos para verlos.

No todos eran meros huesos. Algunos estaban recubiertos con un pellejo seco. Podía palparse un rebujo de cabellos ahí donde el cráneo o la barba. «No tienen ojos», dijo alguien.

Sin duda eran todos búlgaros. Los vencedores habrían recogido a los suyos para darles la sepultura que debe darse a los caídos.

«Vamos a acampar aquí», corrió la voz. Nadie sabe quién lo dijo primero; ni siquiera el primero que lo dijo.

Se fueron echando en ese descampado que estaría muy verde por tanta vida que absorbió la tierra.

El panadero Nikifor tomó una calavera. Hubo de darle un estirón porque aún no acababa de despegarse. «Hace cien años», dijo, «eso cuentan los que saben. Que hace cien años también nos peleamos con ellos, pero en otro lugar lejos de aquí. Aquella vez matamos a muchos contrarios, y fueron sus huesos los que quedaron sin enterrar. Allá siguen. Les ha caído mucha nieve y mucha lluvia y mucho sol. Son huesos tan marchitos que nadie sabría decir si tienen cien o mil años. Por eso hay timadores que van allá. Eligen sobre todo cráneos. Los venden a las iglesias como reliquias de algún santo y la gente termina venerando a un desventurado lancero de Paflagonia o a un jinete de Capadocia al que le cayó encima su caballo».

Los huesos tienen un sonido agradable y lo más natural en el ser humano es hacerlos sonar. Por eso no pasó mucho tiempo antes de que el panadero Nikifor tomara un par de huesos de brazo y comenzara a tañer la calavera. «No soy soldado», había dicho en Constantinopla para evitar que le sacaran los ojos. «Nunca usé un arma contra ustedes», casi suplicaba. «Sólo soy el que hace el pan». Daba lo mismo, porque a nadie le perdonaron el castigo; y también daba lo mismo porque lo dijo en eslavo y no se le ocurrió cómo decir con señas «sólo soy el que hace el pan». La calavera fue perdiendo el agua que había acumulado con alguna lluvia reciente y mejoró su resonancia. «Suena como el marido de mi hermana», dijo el panadero vuelto músico. «Pobre Misho». Marcó un ritmo de trote lento, y no faltaron ciegos que movieran sus cuerpos en vaivén. Alguien más tomó los huesos de otro esqueleto y le percutió las costillas. «Pobre Misho». Otro llenó un cráneo con guijarros y lo sonajeó. Los cadáveres que conservaban el pellejo tenían un sonido grave y solemne. Como viejo rapsoda, el panadero Nikifor relató la historia de Misho, el de mechones rojos, que «vino de Skopje para casarse con mi hermana», y en medio del festejo, antes de que la pareja pudiera gozarse, llegaron por él para reclutarlo y llevárselo a la guerra. «Misho tiene mujer pero no la tiene». La hermana lloró. El panadero protestó. Dijo que un recién casado no va a la guerra. A Misho se lo llevaron, y «viene usted también», le dijeron a Nikifor. «Pero yo no sé pelear, yo sólo soy el que hace el pan». Y claro que los ejércitos necesitan quien les haga mucho pan. «Ahora soy panadero sin ojos. Y Misho es hombre muerto sin mujer, y mi hermana es mujer que aún espera a su marido». Cada vez era mayor el retumbar de huesos en lo profundo de esa noche.

«Pobre Misho», cantaba el coro, «el de los rojos cabellos». Y el panadero entonaba: «Misho tuvo mujer, pero antes de hacerla mujer la hizo viuda». El vaivén de los cuerpos se convirtió en una danza de legiones de sombras. Por la sangre les llegaban las gestas de los abuelos, cuando los hombres eran tan dioses como los dioses y el vino se bebía en los cráneos de los enemigos. Los ciegos se tomaron de las manos y bailaron unos con otros como bailan los soldados que están muy lejos de sus mujeres. Saltaban. Gritaban y cantaban «pobre Misho» y decían que la danza no acabaría hasta que el cansancio los fuera venciendo al punto de que sólo restara de pie el más fuerte o el más empecinado y ese último danzante se habría de allegar a la hermana del panadero para reanudar lo que Misho dejó incompleto. «Sigo en pie», gritaba uno. «Yo también», se sumaban otras voces, y había que confiar en la pureza de los rivales porque no había ojos que los juzgaran.

Sonaban los huesos.

Miles de huesos.

Retumbaban como truenos las carcasas de caballos.

Y en torno a ese campo de danza y muerte los lobos huían estremecidos, los jabalíes devoraban a sus crías, volaban las aves que no vuelan en la noche como ánimas ciegas, y las calaveras al fin pudieron chillar su rabia por haber sido ahí abandonadas en el campo de la batalla perdida como pastura para las ratas.

«¿Y el cráneo de Misho?», preguntó alguien en la taberna. «¿Lo vendiste a una iglesia?».

«San Misho el de la roja cabellera».

El panadero Nikifor sacó los huesos de un envoltorio. «Se los llevo a mi hermana para que les dé sepultura».

«¿Y quién ganó el certamen?».

«Pobre Misho».

La canción era popular. Se les cantaba a los niños.

Y los niños la cantaban. «Pobre Misho. Se fue a la guerra, y otro terminó lo que él debió empezar».

¿Y quién había de ganar el certamen sino el más impropio de todos?

«Panteleimon el impertinente», dijo Nikifor el panadero.

Aquella madrugada, Panteleimon se mantuvo en pie cuando ya todos dormían y, de manera que nadie sabe explicar, caminó hacia el panadero Nikifor y lo halló dormitando entre los miles de ciegos para decirle: «Puedo seguir bailando la vida entera, aun sin música, con tal de enseñorearme de tu hermana».

«Panteleimon el impertinente», dijo alguien entre tragos de vino. «Me conduelo de tu hermana».

Y como no tenían el nombre de ella, algunos cantaron «pobre hermana del panadero» y otros, «pobre la viuda de Misho».

Nikifor salió de la taberna. Allá afuera estaba Panteleimon.

«Vamos, panaderito», dijo. «Vamos ya adonde me espera tu hermana».

Bromo volvió al oficio familiar de la crianza de puercos. Muy pronto, por oreja y nariz, aprendió a encaminar a su piara y buenamente golpeaba con su vara las ramas de robles y encinas para que lloviera un banquete de bellotas. Bromo iba siempre acompañado de su padre. Entre ambos conducían a los animales al bosque que les arrendaban a cambio de diez jamones al final de la temporada. El verraco iba con una correa atada al jarrete; así el cerdo guiaba a Bromo al tiempo que Bromo guiaba a los demás cerdos con su voz que pronunciaba todo tipo de locuciones porcinas.

Se acercaba el tiempo de la matanza y había que regalar a los cerdos cuanto pudieran comer para ensabrosar la carne y engrosar el tocino y acumular lardo. Bromo se entregaba tan de lleno a su oficio que era difícil detectar su falta de ojos. Palpaba la anatomía de los machos y los castraba con la misma prestancia de siempre. Cuando su padre aún no percibía algún síntoma visible, Bromo detectaba por el tufo en el aliento la enfermedad de uno de los animales y lo aislaban antes de que pudiese contagiar a los demás. Les toqueteaba la cola y las orejas para juzgar su estado emocional. Además seguía teniendo muy buena mano para salar puercos.

Luego de apalear alguna encina y notar que ya no caían bellotas, Bromo trepaba al árbol, se paseaba por las ramas y las pisoteaba con fuerza hasta hacer caer las golosinas más renuentes.

Pero vino a ocurrir un mal día, porque siempre hay malos días, que mientras zarandeaba una rama a tres cuerpos de altura, ésta se rompió. El padre vio caer a Bromo con todo su peso sobre el cerdo macho. Lo dejó tan malherido que ese mismo día hubieron de descuartizarlo. Pusieron a curar la mala carne de verraco, y por la noche la familia gozó de la morcilla. La madre acarició a Bromo, le dijo que él no era culpable del accidente, porque toda la suerte del hombre y del cerdo se decide en otro lugar, y lo importante era que «a ti no te pasó nada». Así fueron a dormir, con los vientres llenos de morcilla y agradecidos de que a Bromo no le hubiese ocurrido nada, «aunque será mejor que ya no trepes a los árboles».

Pero apenas amaneció y salieron con los animales, a su padre le resultó claro que Bromo era uno más de esos animales.

Los cerdos parecieron entenderlo. Bromo era el verraco que había muerto en la víspera. Dejó de hablar cualquier idioma humano y pronunciaba con perfecta dicción ese lenguaje de gruñidos y resoplidos y eructos y chillidos.

«Conversa con ellos», informó el padre a su mujer.

El enorme cerdo llamado Bromo se aficionó a las bellotas tostadas y a las gachas de bellota y a la tisana de lo mismo, y continuó durmiendo bajo el techo de siempre, cosa natural, pues cualquier otro de los animales habría también preferido dormir en casa que en la pocilga.

«Vigílalo bien», decía la mujer a su marido.

Él la tranquilizaba, asegurando que no había nada de que preocuparse, que Bromo no había mostrado ninguna inclinación por las hembras. De cualquier forma, se apresuraron a sacrificar a una cerdita coqueta y núbil, rosada y lampiña.

Así fueron las cosas, aunque a la gente le diera por contar versiones más obscenas.

Bromo el tarado, le decían.

Bromo el cerdo.

Comebellotas.

«¿Quién te va a salar?», le preguntaban.

Ninguno podía imaginar que ese cerdo tarado habría de tener un lugar muy principal en los relatos de las hazañas de nuestros hombres mejores.

Los hermanos Tódor y Seráfim se reinsertaron en el quehacer de la familia. Con una diferencia: Tódor se contaba entre los tuertos, con su ojo negro y profundo, mientras que Seráfim había perdido sus dos ojos azules.

Se les había acumulado una buena cantidad de pieles de ovejas trasquiladas y debían convertirlas en pergamino antes de que comenzaran a caer las nieves. Pero ya el frío y las nubes les señalaban que habían empezado tarde.

Sacaban las pieles del remojo y les quitaban la pelambre más basta. Una vez que Tódor las restiraba en sus marcos, Seráfim las acariciaba y detectaba con las yemas las imperfecciones. Con paciencia y la mezcla correcta de fuerza y delicadeza, rascaba las pieles con el lunelo, quitando pelos, algo de sebo y demás impurezas. En otro tiempo, él mismo hubiese terminado el trabajo, pero ahora había de endosarlo a Tódor para que él le diera el acabado más fino y para que luego desmontara el pellejo convertido en pergamino y lo recortara en el tamaño justo con bordes rectos para que alguien escribiera y dibujara sobre él.

Siempre fue para Seráfim un trabajo mecánico, pero ahora que no miraba lo que hacía, se entretenía en pensar. Se preguntaba qué llegaría a escribirse en ese pergamino. Dado que todos los mandaban a la diócesis de Glavinitsa, imaginaba pasajes litúrgicos, bienaventuranzas y maldiciones, no poemas ni crónicas históricas, pero no daba por descontado que justo ese pergamino que ahora estaba limpiando cayera en manos de algún párroco enamorado o quizás se enrollaría en una carta en la que Gavril Radomir le ofreciera la menor de sus hijas a un príncipe extranjero.

Desde niños, Tódor y Seráfim eran un dueto inseparable. Juntos trabajaban, paseaban y realizaban sus fechorías. Hablaban largamente como si dos personas que comparten una misma vida tuviesen algo que decirse. La mayor diferencia entre los dos era el amor del padre. Siempre que los hermanos se malportaban, el padre no tenía reparos en azotar a Tódor. Pero cuando levantaba la vara contra Seráfim, éste le decía a modo de anatema: «¡Tengo los ojos azules!», y el padre soltaba la vara para abrazarlo.

Tal diferencia nunca provocó celos en el hermano mayor.

Ahora el padre no disimulaba su pesadumbre. Le irritaba que Tódor y Seráfim hablaran entre ellos como si nada hubiese ocurrido. Detestaba que sus hijos usaran expresiones como «mañana nos vemos» o que por algo Seráfim le dijera a Tódor «te veo un poco triste».

El padre pasaba más tiempo con el hijo ciego y con paciencia lo había encauzado para que retomara el oficio.

Cuando comían, el padre se quedaba en silencio, resoplando una respiración de animal, como deseando embestir en el momento en que alguien dijera «no te hagas de la vista larga» o cualquier impropiedad que tuviese que ver con los ojos. La mujer se lamentaba de que su marido hablara tan poco y lo poco que hablaba era mejor no haberlo dicho.

Una tarde ordinaria estaban Tódor y Seráfim limpiando pieles. Llegó el padre por la espalda y atizó un manotazo en la oreja del tuerto. Tódor se dio la vuelta y recibió un puñetazo. Cayó al suelo y ahí el padre le dio un puntapié en el vientre. Luego se echó encima de él, lo tomó de los cabellos y se puso a azotarle la cabeza en el suelo cubierto de hierbas que atenuaban los golpes.

«Maldito seas», le gritaba, «miserable tuerto. Tú debiste ser el ciego y Seráfim tener su ojo de cielo». Le escupía las palabras llenas de ebriedad. «¡Cíclope del infierno!».

Amainó la violencia. Se arrodillaron uno delante del otro y eran como dos enanos. «¡Lárgate! No quiero que mis dos ojos vuelvan a ver el tuyo». También la ira amainó. El padre se puso a besar babosamente a su hijo. «Seráfim es tu hermano, tu sangre, ¿por qué no ofreciste tu ojo a cambio del suyo?». El enano viejo lloraba; el joven temblaba.

«Está nevando», dijo Seráfim.

Se incorporaron padre y tuerto. No vieron ninguna nieve, pero al subir la vista a las nubes descubrieron que allá muy arriba venían descendiendo los primeros copos del año.

«Está nevando», dijo el padre.

Recogieron las pieles y sus herramientas y las resguardaron en el cobertizo.

El viento cambió de dirección.

Les llegó el aroma del cordero que se preparaba sobre la leña.

Muy pronto lo estaban comiendo. Se instaló un ambiente casi feliz, como si diera lo mismo tener dos ojos que uno o que ninguno.

Tódor se señaló la cuenca donde había recibido el puñetazo. «¡Tengo el ojo morado!».

El padre no supo si reír o enojarse.

«La cena del Señor», dijo Seráfim. Los demás le pidieron que se explicara. «Este cordero entregó la piel para hacer un pergamino en el que un copista escribirá la cena del Señor».

«¿Y eso cómo lo sabes?», preguntó Tódor.

Como si quisiera provocar a su padre, el ciego dijo: «Puedo verlo».

El hombre siguió comiendo y el movimiento de las mandíbulas llegó a semejar una risa silenciosa.

Seráfim tomó la cabeza del cordero. Se puso a abrirle y cerrarle el hocico para ponerlo a hablar. «Hagan esto en memoria de mí».

M

Bronimir soñaba pacíficamente en la cama. La paz era para él, no para su mujer, que ya creía perder el juicio. Ella fue a la estufa. Removió las brasas y avivó un tenue fuego que aprovechó para encender una tea. La colocó frente al rostro de su marido. «El maldito sin ojos duerme con los ojos abiertos». La mujer amansó el impulso de abofetearlo.

Fue a despertar al mayor de sus hijos, que tendría unos ocho años, para traerlo delante del padre.

«Mira al monstruo», le susurró.

Pero el niño nada vio que le diera miedo ni aun por tratarse de la madrugada. Fue a gatas hasta su rincón y se echó a dormir de nuevo.

Entonces ella despertó al de seis años y lo hizo pasar por lo mismo.

«Mira al monstruo».

Igual que su hermano, se marchó a su lecho para rescatar el sueño.

Ella trajo al menor.

«Mira al monstruo».

El niño se echó a llorar y dio manotazos al rostro del padre. Eran manotazos rabiosos. Bronimir se dio la vuelta y murmuró a su mujer. «Quítame al niño de encima».

Ella fue al lecho de los hijos y se quedó ahí. Abrazaba al pequeño. Lo besaba. «El monstruo», le susurraba, y el niño tardó mucho en quedarse dormido.

Ella pasó la noche en vela.

Bronimir soñaba sin que nada le inquietase. A ella le daba rabia que la falta de ojos no provocara insomnio.

Por la mañana, el menor de los niños le dijo a su padre que había visto un monstruo.

«Los monstruos no existen», le dijo Bronimir.

Pero el niño no le creyó.

Esa misma mañana la mujer se atrevió a decirle a su marido algo que llevaba tiempo en el cogote.

«Bronimir», le habló con un pobre equilibrio entre el ruego y la orden, «cómprate unos ojos».

ለተ

El judío Moskono era artesano de la cerámica, oficio que, según él, había aprendido con los mejores alfareros de Persia. Y sí, mucho había de oriental en sus vasijas, alcuzas, cuencos, pomos y perfumeros, con figurines de colores que vagamente representaban una flor o un animal. «¿Qué es esto, Moskono?», le preguntó alguien que miraba el dibujo en un cuenco. «Un jabalí», respondió el judío, pero el cliente ya tenía su propia versión. «Para mí es un conejo».

Una vez a la semana instalaba Moskono su puesto en el mercado: apenas una mesa cuadrada, un banco de madera y nada más. Si llovía, buscaba refugio en el portal del zapatero, y entonces conversaban del tema que mejor los unía y desunía.

Ahí llegó una vez el padre Alzeko para advertir que no debían comprar al judío sus productos porque «su gente había asesinado a Dios». El zapatero arrojó un tacón de bota al padre Alzeko y lo encaró. «¿De verdad una turbamulta de judíos puede matar a tu dios? ¿Tú y tu patriarca quieren que le recemos a un dios que puede morir en un accidente de carreta o por una coz de mula?».

El clérigo no supo contestar. Su cabeza estaba compuesta de frases hechas, pero aún no estaba seguro de lo que tenía permitido y prohibido creer.

A partir de ese día se miró al judío Moskono con mayor respeto y hasta con admiración.

En cierta jornada de mercado, el judío Moskono colocó entre sus cachivaches dos canicas de cerámica reluciente. Eran de color aperlado, tersas, con sendos discos dorados más pequeños que cualquier moneda y un punto negro en el centro de cada disco. Para que nadie las confundiera con juguetes, labró en madera un aviso que decía: «Ojos». Casi nadie sabía leer, así es que el cartel no era para informar, sino para picar la curiosidad. «¿Qué dice ahí?», preguntaba alguien. «Ojos», respondía Moskono, llevando los índices a señalar sus propios ojos. Alguien le hizo notar que nadie que pudiese ver o leer el cartel estaba falto de ojos, así es que más le valdría anunciarlos en alta voz. Moskono negó con la cabeza. Juzgaba que los pregones eran cosa de los ismaelitas, ya lanzaran sus voces desde su puesto en el mercado o desde un alminar.

La gente solía manosear la mercancía, pero esas canicas nadie las tocaba.

Hasta que llegó Bronimir con su mujer.

«Son más bellos que los que perdiste».

«¿Y podré ver de nuevo?».

«Nada es imposible para Elohím», se apresuró Moskono a responder.

Acordaron un precio y Bronimir sopesó esos ojos fríos; uno en cada mano.

«¿Y ahora?».

«Eso yo no lo sé», dijo el judío Moskono, apurándose a recoger sus efectos tras la venta del día.

Entonces apareció una voz de muchacho tan oportuna como si hubiese estado esperando la ocasión desde largo tiempo atrás.

«De eso se encarga el maestro».

El muchacho señaló a un hombre montado en un burro. Era Zósimo, el maestro sacaojos que había huido de Constantinopla y ahora se presentaba como maestro meteojos.

Así lo presentó su traductor, puesto que el maestro hablaba griego.

El judío Moskono se sintió rescatado y comenzó a reacomodar su mercancía sobre la mesa. Nadie como él tenía interés por saber en qué iba a parar la cosa.

«El maestro le solicita su banco», dijo el traductor al judío.

Ahí sentó a Bronimir.

«El maestro le pide que abra bien los ojos», el muchacho palmeó el hombro de Bronimir.

Aquí el maestro captó una palabra que no le gustó y pidió al muchacho que corrigiera.

«Que abra bien los párpados».

Maese Zósimo puso su cofre sobre la mesa y le alzó la tapa. Dejó que los curiosos se acercaran a mirar su instrumental. Se estaba fingiendo experto en algo que nunca había hecho jamás. Se dijo que sacar muelas era más sencillo que sacar ojos; pero aunque ningún barbero podía volver una muela a su lugar, no debía de haber gran ciencia o arte en empujar canicas dentro de un par de cuencas vacías. Palpó los ojos de cerámica. Sin duda el judío Moskono había realizado un buen trabajo en cuanto al tamaño y a la redondez, aunque los detalles con el pincel fueran un tanto fantásticos.

Las nubes densas, la caída de aguanieve le daban a ese mediodía la sensación de ser ya tarde en la tarde. Los ojos de Bronimir estaban tan fríos que el maestro le ordenó al muchacho que pidiera a la mujer que los arropara un rato en las axilas. Cerró el cofre cuando se dio cuenta de que ninguno de sus instrumentos servía para meter ojos. Apenas sacó el pomo de colirio y una alcuza con aceite. Toqueteó la zona ocular y Bronimir apretó los párpados tal como lo había hecho cuando lo iban a desojar. Maese Zósimo pidió los ojos a la mujer. Los lubricó bien con el aceite y los empujó con fuerza y presteza en cada una de las cuencas. Bronimir pataleaba y gesticulaba, pero relajó los párpados y se dejó hacer con valentía. El punto negro que simulaba la pupila no quedó bien alineado en el lado derecho. «Bizquea», dijo el judío Moskono. El maestro sacó su punzón, lo hincó en la canica y, cuidando de no hacer una ralladura, emparejó el punto negro con el otro para que apuntaran siempre al frente. Entonces echó el colirio y dijo: «*Téleion!*».

La mujer abrazó a Bronimir. Él pidió más aceite para suavizar el parpadeo. Los demás miraban esos ojos dorados y saltones. Difícil saber quién se sentía más orgulloso, si el judío Moskono, el maestro meteojos, la mujer de Bronimir o el propio Bronimir.

Esa noche, poco antes del amanecer, la mujer volvió a la cama con la tea encendida. Bronimir dormía con los ojos abiertos. Ella despertó a sus tres hijos.

«¿El monstruo?», preguntó uno de ellos.

Se quedaron mirándolo hasta que la tea se consumió.

Nada había de monstruoso en ese arcángel de ojos grandes y sagaces, insondables y siempre alertas, salido del más bello de los iconos pintado no por la mano del hombre.

Kozaro el escriba regresó al monasterio. Dijo a sus superiores que ya no podría copiar textos, pero le quedaba la capacidad para escribir dictados. «¿Y qué fue de la épica que pensabas componer?», le dijo uno de los monjes con burla.

Los hermanos decidieron hacerle una prueba. Lo llevaron a su escritorio, el que había utilizado por última vez cuando pasó en limpio aquella lista de suministros para el ejército. Las palabras finales que había trazado su pluma tuvieron que ver con medidas de garbanzo. Cosa de poca monta para quien albergaba sueños de poeta o al menos de cronista. Kozaro pasó las manos por el tablero del escritorio; luego por el plano inclinado. En el encasillado de la derecha halló pluma, tintero, raspador y cortaplumas; del entrepaño a la izquierda tomó un pliego.

«¡Venga!», dijo Kozaro.

Uno de los monjes abrió un volumen con los evangelios y buscó un fragmento para leer, pero otro de ellos lo detuvo.

«Nada de textos sagrados», dijo.

Si no eran los ojos, ¿quién iba a dirigir la mano de Kozaro? ¿Qué pasaría si le dictaban una bienaventuranza y él, sin darse cuenta, escribía una maldición?

Bien conocida era la historia del amanuense que omitió un «no» al copiar el pasaje de las tablas de Moisés, y así volvió mandamiento el hacerse ídolos. El abad le ordenó que lo corrigiera cuanto antes y le preguntó si de verdad había sido un descuido. El amanuense se retiró al *scriptorium* para escribir ese «no», pero faltaba un hueco donde insertarlo. Raspó con prisa el pergamino y acabó por agujerarlo justo donde al otro lado decía «Dios». Lo quiso reparar. Notó que en el tintero la tinta se había endurecido de pronto. Afuera estaba lloviendo. Un rayo emblanqueció la biblioteca y el trueno recorrió varias veces todas las galerías del monasterio. El pergamino comenzó a enroscarse...

«Sabemos lo que ocurrió, hermano», dijo uno de ellos. «Ahora nos ocupa hacerle una prueba a Kozaro».

«¿Y qué podemos dictarle?», dijo otro. «Las palabras nacieron para decir cualquier cosa, pero san Cirilo nos regaló las letras para que escribiéramos lo sagrado. Si nuestro alfabeto se hubiese inventado en las tabernas, como el de los griegos, entonces valdría para cualquier cosa».

Otro asintió. «Si es mi gusto, puedo decir cualquier necedad, decir, por ejemplo, tengo comezón en la espalda, ¿pero qué fin tiene escribirlo? ¿Acaso mañana o dentro de cien años alguien querrá leer sobre mis ganas de rascarme?».

«Hay palabras que son inútiles para alabar a Dios, y no tendrían que escribirse jamás en nuestro idioma».

«¿Cuáles?».

«Aldabón, pleuresía, manteca, pegajoso...».

«Acalambrar, pespuntear, carraspear...».

«Acá estoy», dijo Kozaro el escriba.

«Soflama, sancocho, verruga...».

Kozaro no tuvo que esperar ningún dictado. Sin las supersticiones de sus hermanos, había comenzado a escribir por el principio, cuando fueron creados los cielos y la tierra. El texto se entendía, pero las letras eran de tamaño irregular; los renglones, chuecos; a veces usó tinta de menos y las palabras se esfumaban; a veces usó de más y manchó el pliego. Uno de los hermanos le dijo que en la primera línea había una ene que parecía pe. «Haz el favor de corregirla». Hubo sonrisas. Pensaron que iba a ser divertido, pero muy pronto se contagiaron de la pena del escriba que tanteaba con el raspador, buscando en sitios errados esa descalabrada ene que parecía pe. Kozaro borró y escribió donde le indicaba su intuición. En el camino de su torpeza había dejado unos lamparones de tinta fresca.

Alguien le puso la mano en el hombro.

Nadie dijo nada.

Se fueron retirando uno detrás del otro sin hacer apenas ruido, como si Kozaro fuera un niño dormido al que no quisieran despertar del sueño de ser escriba.

Radislav era aprendiz de herrero en un taller de espadas y puñales. Él se creía el más avanzado de los iniciados. Dominaba la intensidad del fuego y la fuerza y el ritmo del mazo, que no estaba para acariciar, pero tampoco para machacar. Sumergía el metal refulgente en el agua, escuchaba el chisporroteo y lo regresaba al fuego, todo con pocas reglas y mucha intuición. Tal como el panadero sabe que nunca es igual una masa a la otra porque el grano no fue el mismo ni se molió igual ni leuda del mismo modo en invierno o en verano o en las secas o lluvias y sabe que el fuego de hoy en el horno no es el de ayer porque la leña nunca es idéntica en su grosor, longitud y humedad, Radislav se enseñó a tratar el hierro como masa y el carbón como leña. Al hierro le llamaba el verdadero pan angélico, y aseguró que un día dejaría de ser un aprendiz para volverse maestro, y de su fragua acabaría por salir la espada del arcángel Miguel.

Cuando volvió sin ojos, apenas le dieron trabajo en accionar el fuelle, controlar la compuerta que dejaba entrar más o menos aire, separar los carbones en tres tamaños y remover la escoria.

Lo que más echaba de menos eran las luciérnagas que nacían y morían con cada golpe de martillo, sentir sus leves quemaduras como pellizcos cuando aterrizaban en la carne de sus brazos.

«¿Qué fue de tu angélica espada?», le preguntó un vecino.

Radislav le dirigió una furiosa mirada de cuencas vacías.

Dijo que la espada del arcángel Miguel sería tan perfecta y cortante como templada en el fuego del infierno.

Llegó el día en que el patrón le regaló una barra de hierro. «Para tu espada», le dijo.

Radislav esperaba su turno con mansedumbre. Mientras el maestro martillaba, él metía su barra en la fragua; cuando el maestro volvía a incrustar su labor entre las brasas, Radislav martillaba la suya. El ritmo lo imponía la espada del patrón, mientras que Radislav no siempre alcanzaba a calentar su hierro al rojo ni podía aporrearlo a voluntad. Eso no obstaba para que su barra oscura, residuosa y porosa, él la imaginara afilada en sus dos cantos y con punta fina de pico de mirlo.

En la batalla, Radislav había siempre manejado la espada de cuerpo a cuerpo, pero ésta la trabajó más larga, como si fuese para un soldado de caballería, y si no la hizo todavía más larga fue porque su patrón no tenía barras con la largueza de un cuerpo, que así imaginaba Radislav tenía que ser el arma de un ángel que no venía ni a pie ni a caballo sino decapitando pecadores desde una nube.

Corrió la historia de la espada del ciego Radislav y la gente comenzó a llenarse de curiosidad. Preguntaban por ella.

«Todavía no», respondía Radislav.

Llegó el invierno. La mujer del herrero instalaba un cobertizo junto al taller para apenas cuatro comensales que estuvieran dispuestos a beber vino entre humo y golpes de martillo con tal de estar en un sitio caliente. «¿Y la espada?».

«Todavía no», respondía Radislav.

Pasó un mes y llegó la hora de darla a la luz. Los curiosos se arremolinaron fuera del taller del herrero como un par de años antes lo habían hecho delante de la casa de Prémeld el carpintero.

El aprendiz Radislav salió con su espada, llevándola sobre ambas manos, con los brazos extendidos como quien ostenta una ofrenda.

Primero hubo susurros que preguntaban si el fierro de marras parecía un instrumento de labranza o de cocina. Además de su traza de reliquia oxidada, la espada se notaba comba en su longitud, torcida en su eje, opaca, rugosa, con mejor punta que filo.

Las risas no se atrevieron a llegar por la razón de que esas personas no habían venido a ver la espada de Radislav, sino la del arcángel Miguel.

Un hombre de los que creen saber más que los demás tomó la espada y la miró desde varios ángulos. Luego hizo el intento de balancearla con el índice. «Ni siquiera tiene punto de equilibrio». La encajó con fuerza en la tierra congelada y le sorprendió que la punta no se rompiera, sino que hubiera descendido un palmo por debajo de la superficie. Luego intentó quebrarla por el canto, haciéndola bajar con ambas manos mientras subía el muslo, pero sólo el muslo sufrió el daño.

«Bonito tu juguete», el hombre le regresó la espada a Radislav. Se retiró cojeando.

Con todos los defectos, la espada tenía un aspecto mortífero.

Radislav la empuñó de cara al sol con los párpados bien abiertos y se puso a descabezar demonios. La gente lo miraba dar saltos y cortar el aire con la gracia de un acróbata. Inspiró gran respeto porque su sombra proyectada en el horizonte lo volvía un gigante listo para acabar con cualquier ejército a pie o a caballo o flotando en una nube.

Habían arrumbado a la virgen muerta de Prémeld en el almacén donde los monjes guardaban sus implementos de labranza. Llevaba ya mucho tiempo de pie porque acostada ocupaba más espacio. La orden superior fue que se le tratara como un bloque de madera que no representaba a nadie ni tenía ningún valor espiritual. Ahí en la humedad y poca luz fue criando moho, y cada monje que entraba al almacén para tomar o guardar un azadón, una hoz o el arado, se persignaba delante del cadáver de la madre de Dios. A cierta hora del día, algunos monjes se buscaban una excusa para ir al almacén, pues conocían el momento en que el sol entraba por el portón abierto de par en par e iluminaba el santísimo bloque de madera. «Theotokos», le llamaban cariñosamente.

Fue con la llegada de los ciegos que al padre Alzeko se le ocurrió convertirla en una santa Lucía. En la carta que escribió al metropolitano mencionó que estaba tomando fuerza una versión sobre el martirio de esa virgen y santa. «A ella también le sacaron los ojos y Dios Todopoderoso le regaló otro par». Antes que un argumento teológico, el padre Alzeko presentó uno más terrenal. «Con una milagrosa santa Lucía de madera vendrán riadas de ciegos a nuestro monasterio, con muchas ofrendas y dádivas».

Recibida la aprobación, no había sino meterle una barrena a Theotokos debajo de la frente para dejarle dos venerables huecos, luego comprarle al judío Moskono un par de ojos que pondrían en una bandeja delante de la santa. El día de su fiesta, cuando los ciegos peregrinaran por millares, se le incrustarían esos ojos en las cuencas.

La idea fue más sencilla de proponer y de aceptar que de poner en práctica. En los dos años que tenía ese adefesio en el monasterio se había convertido en la indiscutible madre de Dios. ¿Quién se atrevería a perforar sus ojos cerrados para hacerle dos cuencas y de paso tratarla como si fuese un mortal y pecador prisionero de guerra en manos de Basilio Bulgaroktonos?

«Prémeld», sugirió alguien.

Y así fue como mandaron traer a Prémeld. No le revelaron su misión. Apenas le dijeron que necesitaban un maestro carpintero para taladrar dos orificios.

Lo pusieron delante de su obra y le dieron las herramientas necesarias.

Él toqueteó la madera de roble. Reconoció su propia creación y le vinieron al recuerdo las esforzadas jornadas en su taller de carpintería, las largas conversaciones que había sostenido con ese trozo de tronco que se fue volviendo una María creada, no engendrada, de distinta naturaleza que el Padre.

«No», dijo.

Se dio la media vuelta.

El padre Alzeko le dijo que era una orden de mero arriba. «Hay que volverla una santa Lucía, tu santa patrona, la santa patrona de todos los ciegos».

Prémeld, que siempre vivió con la modestia del artesano, ahora sintió el ego del artista.

«¿Por un capricho de los hombres se puede convertir a la madre de Dios Encarnado en una pobre mártir de Siracusa?».

Preguntó si bastaría con cambiarle algún rasgo a la talla de un Cristo en la cruz para convertirlo en Dimas. O peor aún, en Gestas. ¿Con una herramienta de carpintero se podía transfigurar a Dios en un ladrón?

Como no hubo manera de convocar ahí mismo a un concilio ecuménico, las preguntas de Prémeld quedaron sin respuesta.

Esa noche el padre Alzeko se encerró en su celda a orar. Ahora notaba bien el sacrilegio de envilecer a la madre de Dios. Como no percibió que allá en las alturas lo estuviesen escuchando, sacó de bajo el camastro una olla y le quitó la tapa sellada con cera. Se bebió un vaso y otro de aguamiel. Al padre Alzeko le invadió el paraíso en la mente y el hades en el estómago. Estuvo seguro de que a la mañana siguiente ni él ni nadie en el monasterio ni en el mundo habitado ni en los cielos recordaría su idea de taladrar la estatua. Al amanecer, la propia Theotokos lo habría perdonado.

Mdb

Cuando Prémeld iba de vuelta a casa, pasó por un sitio en el que Timotéi el titiritero presentaba su espectáculo. Sintió curiosidad y se acomodó entre los espectadores.

Al titiritero no le había perjudicado la ceguera. Las articulaciones de la hija de madera de Prémeld eran tan elementales que no hacía falta gran habilidad para gobernarlas. Timotéi distinguía los vestidos de princesa, beata, santa y campesina no por sus colores sino por sus texturas. Continuaba intacta su habilidad para modular la voz y hacer hablar a sus protagonistas según la edad, instrucción y condición social. Siempre voces de mujer.

Aun con ojos, Timotéi no hubiese descubierto que entre su público se hallaba el padre de su marioneta, ya que no lo conocía. En cambio, un Prémeld con ojos habría reconocido de inmediato a su hija perdida.

Ese día, la hija de Prémeld era una campesina huérfana llamada Malinalka, que vendía manzanas de cáscara lustrosa aunque podridas por dentro. Como en todos esos cuentos, las cosas ocurrían tres veces. Malinalka vendía tres manzanas a tres clientes y, cuando venía el reclamo, tres veces mentía diciendo que ella no había sido la vendedora. La historia continuaba con una maldición por la que todos los árboles del huerto de Malinalka se engusanaban, pero Prémeld ya no atendía a la trama. Se sentía muy agitado con la voz de Malinalka, que le hacía pensar en su propia hija. Pensó que, de haber estado ahí, su mujer habría enloquecido más gravemente.

Con rapidez, Timotéi le quitó a Malinalka las ropas de campesina y le puso las de beata para dar un mensaje sobre los seres humanos que tienen la cáscara lustrosa y gusanos por dentro.

Al final de la obra Prémeld quiso hablar con Malinalka. Le dijeron que no había tal Malinalka sino apenas la voz de Malinalka que hacía Timotéi el titiritero. Entonces solicitó que lo llevaran a Timotéi.

Le pidió que le dijera cualquier cosa con la voz de Malinalka.

El titiritero le dijo molesto que la obra ya había terminado.

Luego le vino la culpa por tratar así a un colega ciego.

«La obra ya terminó, señor», le dijo Malinalka.

ꟿЭ

El médico Dimitar llegó al criadero de cerdos que Bromo el tarado tenía con su padre. Era el mismo médico que no había podido salvar al zar Samuel de la impresión de ver a tanto ciego. Desde entonces giraban en su cabeza los errores que había cometido. El primero fue sacar a Samuel del desvanecimiento con agua y mirra. Si su cuerpo se quiso desligar del espectáculo que le daban sus soldados arruinados, había que mantenerlo en su letargo hasta que por sí solo recuperara el coraje; pero Dimitar se había precipitado al devolverle la conciencia. Entonces Samuel pidió agua helada. Y él se la había dado, obedeciendo como una criada, en vez de darle un cocimiento de cebada o mandar que le aplicaran una sangría o quizás darle vino, mucho vino sin rebajar para embriagarlo y hacerle creer que lo de su ejército ciego no era sino una fábula.

Nadie le hizo reclamos por no salvar al zar, ni siquiera Gavril Radomir, quizás porque morir de pesadumbre tenía una altura que no tiene la muerte por una vejiga podrida o por un mal viento de invierno.

El médico Dimitar saludó a Bromo, y Bromo le gruñó cortésmente.

A Dimitar le inquietaban los cerdos porque eran demasiado humanos. Aunque ésa era justo la razón por la que estaba ahí.

Explicó el asunto al padre de Bromo. Le habló sobre el avance de la ciencia oftálmica. «Los ciegos verán», dijo para terminar.

Padre e hijo agarraron un cerdo bien cebado y lo llevaron al suelo de la matanza. El animal chilló muy humanamente.

En vez del degüello, Dimitar metió el índice en el lagrimal. Lo fue pasando bajo el párpado, hincándolo cada vez más, desprendiendo con la uña los leves músculos, sintiendo con la yema la tersa redondez. Cuando ya el dedo se había clavado lo suficiente para tocar el hemisferio opuesto, comenzó a moverlo de tal modo que el ojo afloraba y volvía a su lugar. Poco a poco el índice fue ampliando su movimiento. De costado, el cerdo movía las patas a toda marcha; huía sin alejarse. El ojo acabó brotando por completo sin romper su ligatura. Voltearon al animal y Dimitar le practicó la misma hazaña en el otro ojo.

De haber estado presente, maese Zósimo habría sentido celos.

Entonces soltaron al cerdo. Éste se echó a correr desorientado porque los ojos se bamboleaban. Si el animal tuviese conciencia, en vez de asustarse, estaría maravillado por la forma en que cielo y tierra parecían moverse a su alrededor.

Pero sus chillidos no expresaban maravilla.

El médico miraba con asombro.

El porquero, divertido.

Bromo escuchaba con espanto.

Al fin el animal cayó exhausto sobre su vientre. Dimitar fue hacia él. «Ningún ser humano ha visto lo que viste». Le acarició la pelambre. Le alojó los ojos de vuelta en las cuencas. «Ojos de hombre». El animal ya no se quejó. Recuperó el aliento y se marchó al chiquero.

«Ve perfectamente bien».

Lo llevaron de vuelta al suelo de la matanza.

Lo degollaron.

Ahora el médico Dimitar deseaba ir más allá de los libros de Galeno e Hipócrates o de aplicar remedios de abuelas y brujas.

La idea le vino cuando pasaba por un viñedo y vio a un hombre haciendo injertos.

Eran dos plantas distintas. Dos tipos de uva.

Y los ojos también tenían tallos.

La semana anterior Dimitar había hablado con un hombre que reparaba huesos rotos. Ése no era trabajo para un médico y ni siquiera los barberos lo tomaban. «Acomodar un hueso en su lugar», dijo el hombre, «duele más que la fractura». Consideraba su oficio parecido al de un escultor. Le traían una extremidad informe y él le daba la alineación y la torsión justas para que recuperara su forma perfecta. Entonces venía la hora de entablillar y vendar. «El tiempo hace el resto», dijo el hombre. Dimitar le preguntó qué ocurría entre los dos trozos de un hueso roto para que se convirtieran de nuevo en uno mismo. El hombre meditó un instante. «No lo sé», dijo.

Se reunió con Gavril Radomir y el patriarca Filipo. Les dijo que existían muchos morbos y accidentes que provocaban la ceguera; pero remedios había muy pocos. Los textos antiguos hablaban de la sangre de gallo blanco mezclada con miel de tilo. Debía aplicarse durante tres días y alguien tenía que velar al ciego toda la noche para evitar que cualquier bicho o roedor viniese a degustar la poción. Existían testimonios de ciegos curados con bilis de algunos pescados de río, o con una infusión de hojas de roble en micción de ovejas. Los libros también mencionaban otro remedio que no parecía remediar nada: tres cabezas de ajo, resina de higuera, lentisco y vinagre.

El patriarca perdió la paciencia con esas fórmulas paganas. «Las escrituras dejan claro que sólo la saliva de Jesucristo y sus dedos pueden curar a los ciegos». Recitó desde su memoria bien adiestrada. «Entonces, tomando la mano del ciego, lo sacó fuera de la aldea; y escupiendo en sus ojos, le puso las manos encima». Como ni Gavril Radomir ni el médico decían nada, el patriarca Filipo remató: «Escupió en sus ojos, no en sus cuencas vacías».

El médico Dimitar habló de su proyecto. Metería ojos de cerdo como injertos en las cuencas. Necesitaba cinco ciegos para hacer la prueba. Con que uno de ellos recuperara la vista en apenas un ojo, ya estarían ante un prodigio digno de proclamarse en todas las lenguas del orbe.

Había que sacar los ojos de los cerdos con un paciente movimiento de vaivén, de tal modo que el tallo se volviera elástico. Luego habrían de introducir cada uno en las cuencas de los ciegos. El tallo, como en un injerto, como en cualquier herida de la carne, como un hueso roto, buscaría cicatrizar hasta quedar perfectamente hermanado con su nuevo anfitrión.

Gavril Radomir no le creyó, pero igual le concedió los cinco ciegos.

El patriarca rechazaba cualquier idea que no viniera de las escrituras. «¿Y qué vas a hacer después?», reprendió al médico, «¿reparar eunucos con los dídimos de un puerco?».

Dimitar el médico salió del palacio con la posteridad en la mente y con la mente en la posteridad, si acaso eran dos cosas distintas.

Cuando entró en la taberna, ya iba embriagado de sí mismo. «Y los ojos de los ciegos verán en medio de la oscuridad y de las tinieblas», anunció, y como en la taberna siempre había ciegos, algunos se pusieron a aclamarlo.

Él se montó en la propia aclamación. «¡Soy Dimitar el grande! ¡Tan grande casi como Asclepio!».

Ahí nadie sabía quién era Asclepio.

La aclamación cesó.

Todos volvieron a sus cosas. Alguien dijo: «Este vino sabe a vinagre».

Y Dimitar se sintió un hombre más.

M∂6

Cuentan que llegó al tabanco del judío Moskono una mujer descomunal y hermosa. Así la describieron quienes la pudieron ver: descomunal y hermosa.

«¿Puede usted hacer un par de ojos negros como el ónice?».

«Puedo».

Era la princesa de Igorón.

«¿Puedc usted pintar en uno Marte y Júpiter, y en el otro, Venus y Saturno?».

«Puedo», dijo Moskono. «Los planetas, no los dioses».

Todos los que estaban ahí, ciegos y videntes, coincidieron en que la voz dulce de la mujer era la de una niña embrujadora.

«¿Puede pintar en uno la constelación de Aries y en el otro la de Escorpión?».

«Difícil, pero puedo». Que Moskono dijera «difícil» no significaba otra cosa que «costará un poco más».

«Y al final», continuó la princesa, «como dos iris soberbios, ¿puede usted poner el sol radiante en uno y la luna llena en el otro?».

También a esto respondió el judío que sí.

La mujer pagó el anticipo y quedó en volver la semana entrante.

Siete días después, la gente con ojos pasaba frente al puesto del judío Moskono y enfocaba la vista para descubrir entre la mercancía la extraña solicitud de la princesa. Pero sobre la mesa sólo se exhibían como huevos las canicas blancuzcas con dos puntos negros, de las que ya se habían vendido al menos doscientos pares. Unos pocos tuertos las compraron por unidad.

Bien entrada la mañana llegó la princesa con Igorón de la mano.

El judío sacó una pequeña caja de perfumero y la abrió.

A cada momento se reunían más curiosos.

Zósimo el maestro meteojos se acercó a empellones diciendo que tenía trabajo que hacer. Llegó sin su traductor porque ya conocía las palabras de su oficio en la lengua eslava.

La princesa contempló ese par de abalorios que en verdad semejaban el ónice con el resplandor de los astros. «Son celestiales», susurró a su marido.

Fueron a un claro entre el puesto del zapatero y el vendedor de lámparas. Maese Zósimo pidió a Igorón que se recostara. La princesa se acercó con la pequeña caja y la solemnidad de una sacerdotisa. Sacó los ojos y los ensalivó. «El sol va del lado izquierdo», indicó al maestro. Con aplomo, apenas tensando brazos y piernas, Igorón dejó que le embutieran los dos globos.

Se incorporó.

Apuntaba la cabeza a un lado y otro con movimientos de pájaro.

La gente miraba con pasmo esos ojos negros con sol relumbrante y luna llena, e Igorón parecía mirarlos a todos desde la noche y el día. Eran los ojos tan grandes que le resultaba imposible parpadear. Quienes no tenían imaginación se preguntaron para qué tantas estrellas y planetas si al final sólo se asomaban la luna y el sol.

La princesa palpó el rostro de su Igorón como si ella fuera la ciega. «¿Qué ves?», le preguntó.

«Veo el infinito».

Los demás alargaron la vista al cielo. Ni todos juntos pudieron ver tanto como Igorón veía.

Al fin llegó el panadero Nikifor a su pueblo. Iba acompañado por el impertinente Panteleimon y por la calavera del pobre Misho. También llevaba los dos huesos de la percusión. El panadero le había dado largas al retorno. Esperaba que algo malo le pasara a Panteleimon. Una fiebre. Un mal paso. Que le salieran bubones en las cuencas. No contaba con que apareciera alguna mujer abandonada por Panteleimon porque nunca ninguna mujer quiso estar con tal impertinente. Varias veces le preguntó: «¿De verdad ganaste la competencia?», y Panteleimon afirmaba, no con un simple «sí», sino que decía «sí, sí, sí» y reanudaba el baile y decía que él fue el último de los danzantes en pie, y se ponía a cantar: «Pobre Misho. Se fue a la guerra, y Panteleimon se va a comer lo que él dejó en el plato sin probar». El panadero Nikifor anticipaba en su mente el momento de tener delante a su hermana, entregarle el cráneo del pobre Misho y presentarle al mastuerzo que le había conseguido como suplente. Tantos miles de hombres valiosos que marcharon de vuelta a casa y él tenía que traerle precisamente a Panteleimon el impertinente. El panadero quería olvidar los inagotables comentarios que hizo Panteleimon sobre lo mucho que disfrutaría a la hermana. «Dulces brazos recios de panadera, manos que aprietan como garras». Torcía frases bíblicas: «La hermanita tuya en quien tengo mis complacencias» o «La gracia de Panteleimon será con toda tu hermana». La comparaba con un lechón, con miel, con pan de trigo, con rodajas de cebolla y luego pasaba a hacer aberrantes reseñas para equiparar el disfrute del paladar con el de la carne. Al panadero le molestaba por sobre todo la comparación con el pan de trigo y se preguntaba si en adelante podría un día mezclar la harina con el agua y amasar sin que le vinieran a la mente las estúpidas alusiones de Panteleimon. La hermana en la artesa, la hermana fermentando, la hermana en el horno, tostada por fuera, esponjosa por dentro, la hermana sin levadura o en rebanadas, la hermana bizcocho, la hermana cruda o con mantequilla.

«Yo no sé por qué me dicen Panteleimon el impertinente».

El olor de pan le avisó a Nikifor que ya habían llegado. La hermana salió a recibirlo. Lo abrazó.

Panteleimon pidió un abrazo que no le dieron.

Ella dijo que estaban muy enterados de la derrota del ejército en Klyuch. De la llegada de los ciegos a la capital. De la muerte del zar Samuel.

«Pero no sabíamos nada de ti».

Panteleimon apretó el brazo de Nikifor.

«Dile quién soy y a qué vine».

El panadero Nikifor llevó aparte a su hermana. Le mostró el cráneo. Los dos huesos. «Pobre Misho», le dijo.

«¡Dile quién soy y a qué vine!», Panteleimon subió la voz.

La hermana gritó: «¡Misho!».

Y Misho salió de la tahona con la ropa empolvorada de harina.

Esa noche celebraron el regreso de Nikifor. Cantaron canciones al ritmo de la calavera. También cantaron «Pobre Misho», esta vez con un toque festivo. Celebraron en casa, con vino, a puerta cerrada. «Misho, el de los rojos cabellos, que fue a la guerra, que huyó del campo de batalla y volvió vivo y con ambos ojos a terminar lo que no había comenzado». La hermana bailaba con su marido y el panadero Nikifor dijo que habría un premio para el mejor bailarín. Ahí estaban también los padres de Nikifor y los de Misho y hermanos pequeños y otros parientes. «Pobre Misho», cantaban y cantaban.

Afuera dejaron al impertinente Panteleimon.

Al día siguiente le dieron suficiente pan recién hecho y rodajas de cebolla para que se gestionara el hambre durante su viaje adondequiera que fuera.

El médico Dimitar volvió adonde Bromo. Cuando alguien venía a comprar un cerdo, solía mirarle y palparle la grupa. Un trasero abultado y firme auspiciaba un buen jamón. Le miraba las pezuñas y la forma de andar, estimaba la edad, tanteaba la curvatura del lomo.

Para Dimitar, el tocino era lo de menos. Eligió cinco cerdos «por su mirada». Una tendía a lo feroz, tres eran apacibles y la última, melancólica. Además le ofreció un buen negocio al padre de Bromo. Pagaría por cada cerdo completo pese a que sólo se quedaría con los ojos. «Los animales se los devuelvo». La única condición era que los llevaran a Ohrid temprano al día siguiente. Allá tenía a los cinco ciegos esperando sus ojos nuevos. Debía ser mínimo el tiempo que transcurriera entre sacárselos a los animales e injertarlos en los pacientes. «Más frescos que una almeja», dijo Dimitar ya montado en su caballo.

Bromo y su padre convocaron antes del alba a los cinco cerdos elegidos. El melancólico se mostró renuente a emprender el viaje y hubieron de darle tres varapalos.

En la ciudad también los estaba esperando maese Zósimo. «Yo desojaba generales», murmuró.

«Ahora puercos». No se atavió con su túnica de aires ceremoniales. Andaba vestido como cualquier aldeano, aunque sí se tomó el trabajo de lustrar sus utensilios. Había afilado lo que llevaba filo y le había sacado punta a lo puntiagudo. Había lubricado pinzas y tijeras. Preparó una buena dosis de colirio. A la receta de Hipócrates con vino, ceniza, adormidera y mirra, agregó jengibre picado de manera muy fina y agua de puerro. Al lencero le compró un manojo de retazos de lino sin teñir.

Los puercos resultaron más estoicos que cualquier general. Los diez ojos salieron perfectamente bien, con su «lombriz» intacta. Así la habían llamado porque, según el médico Dimitar, ese tallo, al igual que una lombriz, buscaría su agujero para anidar y crecer.

Entre Dimitar y Zósimo se dieron prisa en hacer los injertos, tomando buena cuenta de no mezclar ojos de distintos cerdos en un ciego, y de que cada izquierdo siguiese siendo izquierdo, y cada derecho, derecho. Acercaban el ojo a la cuenca, abrían bien el párpado, y Zósimo, con unas pinzas muy finas, encavernaba la lombriz. Entonces hundían el ojo. No lo empujaban con el dedo como si se tratara de las canicas de Moskono. Usaban media zanahoria mal cocida. Al final aplicaban los vendajes y «el tiempo hará el resto», dijo Dimitar.

Los cerdos ciegos se echaron de costado a dormir con gusto y sin dolor, señal de que maese Zósimo había hecho muy bien su trabajo. Bromo los sacó de su fantasía nocturna. Les gruñó.

Les mandó que se pusieran en pie. Los cerdos no comprendieron la situación. ¿Por qué no veían nada si aun la noche puede verse? Se asustaron y echaron a correr sin control por las calles de Ohrid. Chocaban contra muros, contra la gente.

Y la gente se reía.

Bromo los llamó. Les dio órdenes. Les hizo súplicas.

Uno por uno fueron cayendo en manos de quienes habrían de comérselos sin pagar. Al feroz lo detuvieron delante de la iglesia. Los tres pacíficos fueron apresados sin resistencia en las inmediaciones del mercado.

Varias personas rodearon al melancólico. Comenzaron a forcejear por él. En medio de la disputa, algunos sacaron sus cuchillos y se pusieron a despiezarlo vivo. Hubo quien se llevó el morro, quien la paleta izquierda, un tajo de panceta, el mondongo o la asadura o el rabo o una oreja, las manitas o un codillo.

Sólo quedaron a salvo, gracias al maestro venido de Constantinopla, sus dos bonitos ojos que harían el mejor de los esfuerzos para volver a ver la luz de los atardeceres con un toque de melancolía.

El zar Gavril Radomir expidió un decreto que se extendió por las principales poblaciones del imperio a la velocidad del galope de caballos, y luego fue llegando a las aldeas y caseríos tal como llegan los rumores. Los mensajeros lo anunciaron en plazas, atrios, mercados y tabernas.

«Queda prohibida la ceguera».

El texto era más largo y decorado con eufemismos; llevaba un prólogo acerca de la preeminencia de la justicia divina sobre la humana, la autoridad que el creador había concedido al zar y la necesidad de que en nuestra tierra prevaleciera la verdad divina, lejos de cualquier herejía, y pasaba a hablar de la fuerza de nuestra gente y la corrupción de los enemigos. Pero la esencia era ésa: a partir de ese momento quedaba proscrita la ceguera en el imperio de Bulgaria. «Así lo mando yo, el zar».

Yo me enteré en la taberna. El mensajero entró, se refrescó la boca con vino y entonces proclamó el decreto. No habría hecho las cosas al revés: pregonar y luego beber. Tenía que marcharse de inmediato luego de leer un mandato tan delirante.

Me encaminé a la mesa de al lado, donde unos hombres estaban jugando al cubilete.

Lo tomé e hice rodar los dados. Abrí de par en par los ojos de arcilla barata que le había comprado al judío.

«Cuatro», dije.

Los dados estaban quietos. También el resto de los hombres.

«Cuatro», repetí.

Hubo un instante de silencio. Algún curioso respiraba muy cerca a mis espaldas. Otros se acercaron a la mesa y murmuraron. Al fin, uno de ellos me preguntó: «¿Cómo lo sabes?».

Manoteé sobre la mesa hasta hallar los dos dados. Los eché dentro del cubilete.

«Cumplo con la ley».

Con la vista obligatoria, reapareció aquel malabarista que sabía mantener hasta diez ojos en el aire. Ahora usaba un artilugio: una rueda de carreta con diez canicas de barro montadas equidistantes en la circunferencia. Eran piezas defectuosas del judío Moskono. «La mano es más rápida que el ojo», decía. «Casi tanto como las cuencas deshabitadas». Entonces apoyaba esa órbita en el regazo, la levantaba un poco y la hacía girar con lentitud. Su público de ciegos aplaudía y pronunciaba frases de asombro.

Al patriarca Filipo le irritaba la escena sin saber por qué. «Herejes», dijo entre dientes. Él buscaba explicar la ceguera de tanta gente como consecuencia de algún pecado colectivo, pero estaba al tanto de que los ciegos se justificaban de otro modo. Sin ojos Adán y Eva no habrían descubierto su desnudez, la mujer de Lot no habría volteado atrás, David no habría visto a Betsabé bañarse.

Ahora esos ciegos aplaudían a un ilusionista. Eran una partida de insolentes. Se burlaban del mandato del zar y del destino que se había tramado para ellos allá en las alturas. Se paró entre el malabarista y el público. Extendió su capa a modo de cortina que ocultara por completo el espectáculo. Los ciegos continuaron asintiendo y celebrando los malabares. «¡Extraordinario!», vitoreó uno de ellos. El patriarca los insultó en silencio y se marchó.

Pero la noche todo lo transforma.

El patriarca Filipo despertó en la madrugada. Se sintió transparente. Inexistente. Había abierto los ojos y continuaba sin ver nada. Quiso encender una vela, pero no tuvo modo de hacerlo. Sonó una campanilla sin que nadie acudiera. Salió al pasillo descalzo, en sus ropas de dormir. Avanzó tanteando las paredes e irrumpió en la primera celda sin tocar la puerta. «¿Puedes verme?».

Kozaro el escriba abrió los párpados. «No, señor».

El patriarca volvió a su habitación. Abrió las puertaventanas y dejó entrar el frío y una leve luz de luna. Puso las manos en el alféizar para mirarlas. No podía verse el rostro. En el monasterio no había espejos por mor del pecado de la vanidad.

Fueron las horas más largas del patriarca.

Ya con la salida del sol recuperó la cordura.

«La noche trastorna más que el alcohol», se dijo.

Por la tarde fue adonde el malabarista. Se acomodó entre los ciegos. Cerró los párpados y celebró el giro de los diez ojos. Imaginó que el suyo era el de más abajo, desde donde nada se veía a no ser por los zapatos y pies descalzos. No tardaría mucho en que el giro de la rueda lo llevara hasta mero arriba, allá donde todo era claro e incluso podía verse a sí mismo. Al final del acto, fue el que más aplaudió. Ahí, entre puros ciegos, era un habitante cualquiera. Nadie se le postraba ni le besaba las manos. Dejó una moneda en el cuenco del malabarista y se marchó muy satisfecho de ver la sombra que proyectaba su cuerpo.

Gracias a la nueva ley, el judío Moskono aumentó la producción. Sus esferas de cerámica se parecían cada vez más a los ojos que los seres humanos suelen llevar en las cuencas. Aprendió a dominar los pigmentos y los tonos, los brillos y reflejos.

Las mujeres de los ciegos se acercaban a su tabanco y tocaban los globos con timidez. «Parecen de verdad», comentaban, y para el judío Moskono era el mayor elogio.

Se acercó el vendedor de iconos. Miró la mercancía y movió la cabeza en un gesto de desaprobación. «Eres un comerciante», le dijo. «Sólo eso». Le hizo una seña para que lo siguiera a su tenderete.

Había cristos tristes, doloridos, autoritarios, enrabiados. Arcángeles bellos y terribles, viriles o femeninos. Santos resignados o inflexibles. Marías, casi todas taciturnas, acompañadas por su hijo recién nacido. Algunos iconos miraban más intensamente de lo que mira un ser humano.

El judío se dejó maravillar por un Cristo Pantocrátor de ojos muy distintos a los ojos de los hombres. La María más triste y bella no tenía ni ojos ni nariz ni boca ni piel ni contornos como el resto de las mujeres.

«Hay un carpintero ciego», dijo el vendedor de iconos. «Hace niñas que no se parecen a ninguna niña, pero uno las mira y descubre el luto humano».

Los primeros dos ojos que había hecho Moskono tuvieron la magia de los iconos más imponentes. Acabaron en las cuencas de Bronimir, y Bronimir dejó de ser un monstruo para volverse un arcángel. Después vino la princesa de Igorón y le hizo una solicitud que acabó por convertir a Igorón en el vidente del cosmos.

«Lo tuviste, Moskono, y lo perdiste». El vendedor de iconos le dio una palmada en el hombro.

El judío volvió a su puesto. Contempló sus ojos de cerámica que parecían de verdad, y sin embargo miraban sin iracundia ni celos ni amor ni cansancio ni deseo ni fantasías ni miedo ni vergüenza ni ganas de morir y mucho menos de vivir. Se preguntó qué había de malo en vender ojos que no fueran obras de arte. A la gente había que darle gusto.

¿Y qué podía hacer él?, se preguntó Moskono. Al pintor de iconos se le daba todo el rostro para trabajar. Los iconos tenían manos y cuerpo, mientras que él sólo hacía ojos. Él no podía pintarrajear ni cincelar o afinar las caras anómalas de los ciegos.

Armó el argumento como si fuera para alguien más, no para él.

Una mujer se acercó a mirar la mercancía. Puso un par de ojos en la palma de su mano. «Parecen de verdad».

Esta vez el elogio supo a lo contrario.

Moskono cerró las ventas de esa jornada. Tomó la calle empedrada frente a la iglesia de

Ohrid, la de Santa Sofía. Nunca entraría en tal edificio, pero lo admiró por fuera. Sin duda era imponente. En las formas y los detalles los constructores habían buscado la belleza, y la alcanzaron. Pero nadie, al ver ese templo, diría que parece de verdad. ¿Cuándo a algún poeta lo habían celebrado diciendo que su poema parece de verdad? ¿Qué canto a los dioses o a los héroes parece de verdad? ¿Qué mujer hermosa parecía de verdad?

Un ciego pasaba frente al prostíbulo cada día de camino a casa y voceaba requiebros a las muchachas. Ellas los admitían como si él estuviera viéndolas porque no les iba mal tener mejores ancas que la yegua del zar, rostros de icono, pechos como túmulos, cuerpos de odre con dulce vino y cabellos más tersos que la cola de aquella misma yegua.

En una de tantas, lo detuvo un hombre y le susurró: «No tengo ojos, pero ya sabe usted que eso está prohibido». Bajó un poco más la voz. «Dígame cuál de las mujeres es la más hermosa».

El ciego tomó la mano del otro ciego y lo condujo allá. Llevaba el brazo extendido y hurgaba el aire en busca de toparse con las muchachas.

Una vez ahí, se puso a tasar rostros con las yemas de los dedos; luego aquilató ancas y túmulos y el resto de la carne. Al fin, hizo su juicio. «Ésta», dijo y alargó la mano del otro para que también la tocara.

Dos hombres con los ojos intactos iban por ahí y alcanzaron a verlo todo. Uno de ellos dijo: «Yo no hubiera hecho mejor elección».

«Si el ciego guiare al ciego, ambos caerán en el hoyo».

«Ya vemos que no es así».

Kúbrat el centinela conocía bien cada punto de las murallas de la fortaleza. Franqueó la puerta. Fue arrastrando la mano por el muro de piedra durante cincuentaidós pasos. Sabía que ahí estaba la escalera. Ahora sumaban veinte escalones hasta el rellano; había que torcer a la izquierda y subir veintiséis escalones más. Allá arriba lo recibió el viento frío del lago. Caminó a lo largo del adarve hasta el torreón. Entonces asomó la cabeza entre las almenas.

«¿Qué haces aquí, Kúbrat?».

«¿Apenas ahora me descubres?», dijo Kúbrat. «Haces muy mal tu trabajo».

«Te pregunté algo».

«Me corresponde la primera vigilia».

El sol recién se había ocultado. Las vigilias de invierno eran más largas y silenciosas.

«¿Hasta dónde llega la vista de un centinela ciego?».

Kúbrat había pasado muchas noches en ese torreón. No sabía nada acerca de los astros, pero se dejaba acompañar por ellos. Otros descubrían en esos luceros el paso del tiempo. Sabían orientarse en tierra y mar con sus brillos titilantes. Algunos leían en las constelaciones el destino de los hombres. Los sabios miraban arriba, pero él siempre tuvo órdenes de mirar abajo. Distraerse con las estrellas era tanto como quedarse dormido.

Durante sus años como centinela, Kúbrat sólo avistó liebres.

«En Bulgaria ya no hay ciegos».

Transcurrió la primera vigilia sin novedad. Kúbrat percibió con su reloj interno que el relevo se había retrasado. «Llegas tarde». Hicieron el cambio de guardia. Kúbrat fue al otro torreón. Ése le gustaba más en invierno. El viento pegaba en la espalda. Podía imaginar el caserío que se alargaba por el valle. Cualquier regimiento llegaría por ahí, y cualquier pastor de ovejas lo descubriría antes que el más atento de los centinelas.

Kúbrat se dio permiso de alzar el rostro. Estaba nublado, pero él vio el universo que giraba a su alrededor; él era un punto en el preciso centro de ese imparable movimiento.

A esa maquinaria de los astros le llamó noche. Y vio que era buena.

Poco a poco fue descubriendo las constelaciones. Kúbrat el centinela les puso nombre, y casualmente fueron los nombres que ya tenían.

En el campo cada ciego fue libre de seguir siendo ciego. Pero en Prespa, Ohrid, Prílep y otras poblaciones había que hacer un esfuerzo por recuperar la vista.

Un comerciante descosió un libro para vender los folios separados. Los ciegos se colocaban esas planas delante o las ponían en la taberna como manteles y fingían leer cuando ni siquiera en sus tiempos de ojos sabían leer. A uno de ellos se le conoció como Sóndok el lector. Tomaba una de esas hojas, una que bien podía ser la carta de san Pablo a los Gálatas y, rodeado de niños, comenzaba. «¿Conocen la historia de Brantabo, el que mató al panadero y a la panadera?». Los niños decían que no y Sóndok ponía el índice en cualquier lugar de la página. «Allá en la vieja capital de Pliska, en tiempos del zar Boris, había una pareja de panaderos. Erigieron un pequeño altar para conservar el primer pan que sacaron del horno. Pasaron los años y ese pan se puso más duro que una roca y llegó el tiempo en que la gente contó una historia distinta. Decían que era un cofre disfrazado de pan en el que la pareja guardaba joyas muy antiguas. Vino a pasar por esta ciudad un viajero de nombre Brantabo, y ese viajero Brantabo escuchó las habladurías y se llenó de codicia. Se puso a hacer cuentas de las muchas cosas maravillosas que compraría con esas joyas, mientras que esos viejos sólo las guardaban».

Los niños asintieron para dar la razón a Brantabo.

«Esa misma noche mató a la pareja de panaderos y se llevó el pan».

«¿Cómo los mató?», preguntó un niño.

«Eso no lo explica la historia», dijo Sóndok el lector.

Los niños murmuraron su decepción. «Lea bien», dijo uno.

«Tienen razón». Sóndok levantó el pliego y lo mostró. «Está escrito en esta línea».

Les preguntó si conocían esa pala grande de madera con la que se mete la masa en el horno.

«Pues con ella los aporreó a los dos».

Ya los niños no se sintieron defraudados.

«El codicioso Brantabo quiso romper el pan, pero no pudo. Quiso cortarlo y el cuchillo perdió el filo. Entonces se dirigió al arroyo y lo estuvo remojando toda la noche para suavizarlo, pero ya les dije que el pan era una piedra».

Los niños querían ver el pan reblandecido para extraer su secreto, aunque también deseaban que Brantabo no se saliera con la suya.

«Ahí lo encontraron al amanecer, golpeando el pan contra las rocas, raspándolo en la corteza de los árboles. Tenía los dientes quebrados. Lo arrestaron y lo condenaron. Le rompieron los huesos con un mazo y lo ataron a un árbol para que de noche se lo comieran los lobos».

El padre Alzeko se acercó por atrás. Miró por sobre el hombro de Sóndok.

«Son palabras sagradas de san Pablo. *Epistolí pros Galátes*. Y usted las convierte en asesinato en una panadería».

«Yo no leo griego, señor», Sóndok apretó el folio. «En la lengua que yo lo leo, dice lo que digo».

Y en la lengua de Sóndok no hallaron los restos de Brantabo el asesino al día siguiente. Ni pizca del esqueleto ni de la carroña que dejan los lobos para las aves.

«¿Qué le pasó?», preguntó una niña.

«Dos noches después apareció junto a la puerta de la panadería un lobo muerto, sin dientes y con los huesos rotos».

«¿Y el pan?», preguntó uno de los niños.

«No entendí», dijo otro.

El padre Alzeko había interrumpido la lectura de Sóndok. Había roto el hilo que nunca debe romperse.

Sóndok el lector dio al padre Alzeko una bofetada con la carta de san Pablo a los Gálatas, también conocida como la historia del pan que endureció como una piedra. «De aquí en adelante nadie me cause molestias; porque yo traigo en mi cuerpo las marcas del señor Jesús».

Y si no había ciegos en Bulgaria, ¿de qué había muerto el zar Samuel? ¿Por qué se había hecho una ceremonia para todos esos soldados que dejaron la mirada en Constantinopla? ¿Por qué había miles de ojos en una tumba junto a la catedral? ¿Qué significaba esa inscripción de «En tu luz veremos la luz»? ¿Quiénes compraban la mercancía del judío Moskono? ¿Y por qué se hablaba de una tal Ripsimia, que algunas noches con su sola fuerza levantaba la lápida y se echaba desnuda dentro del foso de ojos?

Alguien le llevó el chisme al hombre que no conocían como Ivailo el lancero ni Ivailo el talabartero, sino como Ivailo el de Ripsimia.

Pero Ivailo no lo creyó.

Los cinco hombres con ojos de cerdo se quitaron las vendas. «¡Puedo ver!», dijo uno. Se alzaron de sus catres y caminaron en torno a la habitación, chocando entre sí. «¡Yo también veo!», decía otro.

Un guardia fue a buscar al médico Dimitar para que viniera a ser testigo del milagro.

El médico llegó apresurado y aún acomodándose las ropas, con las primeras líneas de su encomio en la cabeza. No iba a tolerar que se le considerara un milagro, pues tan grande cosa no se había alcanzado con oraciones sino con mucha destreza y sapiencia.

Los hombres se movían sin concierto, como ramas en vendaval. «Quiero un espejo para verme», dijo el melancólico.

Pese a los cuidados que habían tenido durante esos días para mantener en buen estado los ojos de puerco, era notorio que esos hombres ya tenían mirada de casquería.

Para que no le ganara la afrenta, el médico Dimitar dejó que le ganara la ira. Mandó llamar a maese Zósimo.

Y al igual que meses antes, allá en el hipódromo de Constantinopla, Zósimo preguntó:

«¿A cuál?».

Y lo mismo que aquella vez, escuchó la respuesta: «A todos».

Pero esta vez maese Zósimo no se dio la media vuelta, no preguntó si acaso era el repartidor de limosnas.

Hizo su trabajo artesano mientras pensaba en aquel cocinero real que preparaba papillas.

Y si algún cronista hubiese apuntado los eventos de la jornada, esos cinco cristianos habrían pasado a la historia como los primeros en padecer dos veces que les sacaran los ojos.

El campo estaba cubierto por una capa de nieve. Aun así, Apóstol espantapájaros salía a hacer su trabajo. No tenía cultivos que proteger, pero igual mantenía a raya las aves rapaces del invierno. Conejos y roedores parecieron notarlo y vinieron a hacer sus madrigueras en el territorio de Apóstol. A los lugareños les atraía la visión de ese gigantesco pájaro negro que aleteaba sobre la blanca inmensidad y más aún les hechizaba su nebuloso andar durante alguna tormenta de nieve. Al final de cada día llegaba esa imagen que les inspiraba temor: Apóstol el apóstol negro en su montículo, perdiéndose poco a poco cuando se ocultaba el sol. Entonces se escuchaba el llamado de las lechuzas.

«El llamado de Apóstol», decían los lugareños.

Lo miraban inmóvil, pero él estaba volando. Sobre todo volaba a Constantinopla. Ahí se posaba en una ventana del palacio del emperador Basilio Matabúlgaros. Lo observaba dormir con la paz de quien no tiene cuentas pendientes. Lo miraba largamente porque Apóstol pájaro gigante se pensaba con ojos. «Cras, cras», decía el apóstol Santiago o Mateo, porque así se cuenta que dicen los cuervos. «Cras, cras», repetía el enorme pajarraco evangélico a modo de amenaza y se elevaba por encima de la torre más alta con la promesa de volver mañana.

Sobrevolaba la gran ciudad, anunciaba que la voz de arpistas, de músicos, de flautistas y de trompeteros no se oiría más en ella.

Al amanecer, los lugareños se asombraban de verlo otra vez aleteando por el campo nevado.

Hicieron la apuesta de que Apóstol no llegaría vivo a la primavera.

Pero no había ganancia ahí donde todos apostaban a lo mismo.

Una noche entró el espantapájaros en el almacén que servía de taberna. Puso las alas en un rincón. Se acercó al fuego para derretir la escarcha de sus cabellos. «Yo apuesto a que sí», dijo.

Nos gustaba el invierno porque era época de paz. Los pueblos refinados no hacen la guerra en invierno. Avanzar con ropa gruesa y pesada desgasta a los hombres. Hay mayor necesidad de comer, y la llegada de suministros se entorpece con las tierras húmedas. Hay que encender fuegos y los fuegos revelan posiciones. Los cuerpos helados no son tan hábiles. Los golpes duelen más. Los arqueros no aciertan si tiritan los brazos. Basta una tormenta de nieve para que un ejército completo se quede varado y muera por el frío que mata de hambre o por el hambre que mata de frío. El hierro es quebradizo. Del casco cuelgan carámbanos; también de las barbas. Ponerse la cota de malla es vestirse con granizo. Quien asedia una ciudad se convierte en asediado. Los soldados piden más dinero. Y apenas los cadáveres la pasan mejor cuando arrecia el frío.

En invierno son los herreros quienes más trabajan para tener a punto los tantos herrajes que harán falta al ejército luego de la Pascua de Resurrección.

En esa vida lenta del invierno acabamos por entender la prohibición de la ceguera.

El emperador Basilio pudo ejecutarnos a todos, pero eligió la ceguera y enviarnos de vuelta como lastre que acabaría por hundir a Bulgaria.

Quince mil ciegos son una carga más pesada que quince mil cadáveres. El Numerista nos había dicho que éramos otra cantidad, pero seguimos redondeándonos a quince mil.

Gavril Radomir prohibió la ceguera para crear una fantasía.

En Bulgaria no hay ciegos.

Así tenía que ser.

Si por el mundo corriera el rumor de la existencia del imperio de los ciegos, vendrían los persas, los francos, los moravos, los rus, los árabes, los turcos, los ávaros, los croatas, los pechenegos, los valacos, los magiares, los jázaros; vendría cualquier horda de salvajes a cazar al animal herido.

Pasaba de la medianoche y el zar Gavril Radomir tenía sueños que espantaban el sueño. Se abrigó, atravesó el patio de armas y subió a la muralla. A los pocos pasos se topó con un vigía acurrucado y dormido. Por esta vez no tuvo ánimo para disciplinarlo. Siguió andando hasta uno de los torreones.

Kúbrat el centinela vigilaba las tinieblas.

«¿Novedad?», preguntó el zar.

«Un zorro», dijo Kúbrat. «Ha estado hurgando en algunas madrigueras».

Desde ese mismo torreón, Samuel había visto el retorno de su ejército ciego. Ahí se había desvanecido. Ahí le dieron de beber agua helada.

La noche era tan brumosa que poca ventaja le llevaba Gavril Radomir al centinela. Apenas distinguía en las montañas un leve fulgor de nieve.

«Habrá novedad en primavera», dijo el zar. «Vendrá el ejército de Basilio Matabúlgaros».

Se escuchó un forcejeo allá abajo en el suelo. «El zorro», dijo Kúbrat. «Parece que atrapó algo».

«Mi padre tuvo razón en morirse», dijo Gavril Radomir. «¿Qué dice la gente?».

«El zar Samuel hizo siempre lo correcto».

«¿Tú estabas aquí? ¿Viste cuando llegaron los ciegos?».

«Yo no vi nada, señor».

Gavril Radomir dio una palmada en la espalda a su vigía. «Abre bien los ojos», le dijo. «Y ábrelos más cuando llegue la primavera».

El zorro se alejó con su presa muerta entre las fauces.

ɿЭ

Kozaro el escriba se encerró en su celda. Estaba tan oscura que daba lo mismo tener ojos. Algo había ocurrido allá en Constantinopla. Algo les había ocurrido a miles de hombres en el hipódromo de Constantinopla.

Eliseo oró a Jehová, y dijo: Te ruego que hieras con ceguera a esta gente. Y los hirió con ceguera, conforme a la petición de Eliseo.

Eso estaba escrito. Jehová había cegado al ejército sirio.

Ahora hacía falta escribir otra historia.

¿Por dónde empezar?

En el principio era la luz. Y Dios dijo: háganse las tinieblas.

Kozaro movió la mano en el aire como si escribiera algo.

Eran miles y miles que habían pasado por lo mismo y sin embargo cada uno había pasado por algo único.

¿Debía contar quince mil historias o podía ser tan breve como las sagradas escrituras?

Basilio reunió a su pueblo, y dijo: Les ordeno que hieran con ceguera a esta gente. Y los hirieron con ceguera, conforme a la petición de Basilio.

Alguien habría de asentar el testimonio de uno por uno o de todos juntos para que los hombres de los tiempos por venir no los creyeran personajes de una leyenda.

La historia habría de escribirse porque si no para qué maldita sea la cosa tenían los búlgaros un alfabeto.

136

El judío Moskono dejó su tenderete y fue adonde el vendedor de iconos. Estuvo observando esas imágenes con ganas de desentrañar su misterio. Algo le maravillaba en ese arte de los cristianos. El tal Jesús era de tez morena o blanquecina, tenía barba muy crecida o más corta; sus cabellos eran abultados o lacios, gruesos o delgados, negros o rojizos o castaños o del color de la mostaza; el rostro era redondeado o alargado, podía tener ojeras profundas, mostrarse sumiso o feroz; su nariz tenía un puente bajo o tan alto que se juntaba con unas cejas que a veces eran finas; a veces, espesas, por sobre unos ojos ovalados o redondos, negros o claros. En algunas imágenes el rostro era bello, en otras se acercaba a lo repulsivo. Pero la suma y contraste de todas esas diferencias no alteraba que siempre fuera la misma persona. ¿En qué consistía ese arte de los pintores de iconos? El judío Moskono se dijo que su trabajo debía lograr el efecto contrario porque sólo tenía los ojos para trabajar. Dos cristos muy distintos venían a ser el mismo cristo. En cambio, un par de ojos casi igual a otro par tendría que ser único.

Luego de contemplar los iconos por un largo rato se dejó seducir por una María de ojos afligidos y por un Cristo que miraba una muerte que tal vez era la suya.

Ya estaba bien entrada la primavera. La temporada de guerra comienza cuando los caballos recuperan su brío. Un relincho alborozado marca la fecha y no la voluntad de un zar o de un emperador. Hay que esperar el deshielo y que emerjan los pastizales; después, que los caballos coman hasta el hartazgo, que preñen a las yeguas, que se pongan a correr hasta que corran como atletas, hasta que anden ligeros con hombre, silla, arreos, armas y armaduras. En esto llevan siempre ventaja los enemigos. El clima en el imperio de Basilio es más benévolo y allá tienen abundancia de llanuras.

Y en espera del feliz relincho de caballos, todos en el campo se apresuran a sembrar, que tampoco nadie quiere la guerra antes de la siembra.

De eso hablaban Tódor y Seráfim con su padre.

Luego pasaron a hablar de las solicitudes de pergamino que les hicieron del monasterio. «No nos damos abasto», dijo el tuerto Tódor.

«Preparan un libro con la vida de san Nahúm», dijo Seráfim el ciego.

Aunque durante algún tiempo el padre deseó que el hijo ciego fuera el tuerto y que el tuerto fuera el ciego, había acabado por aceptar que el hijo ciego fuera el ciego y que el tuerto fuera el tuerto.

Estaban metiendo a remojar unas pieles de oveja, cuando llegaron dos soldados montados en caballos bien comidos. El que parecía tener mayor rango habló.

«Reclutamiento obligatorio», dijo.

La historia era tan conocida que el padre no pronunció protestas inútiles. Abrazó a Tódor el tuerto. «No vayas a perder el otro ojo». Los hermanos se despidieron. La madre venía acercándose a paso apresurado.

El militar dijo: «Queremos al ciego».

«¡Tengo los ojos azules!», clamó Seráfim.

Los hombres a caballo no entendieron.

Si la ley que vetaba la ceguera había parecido un desbarro, la orden de Gavril Radomir para reclutar ciegos lo hizo ver como un demente. Sin embargo, siempre hay quien transforme las necedades de un jefe o profeta o mesías o dios en algo razonable. Una explicación tomó más fuerza que otras: Gavril Radomir culpaba a los ciegos de la muerte de su padre y estaba maquinando un plan para deshacerse de ellos. En voz baja se decía que el zar Samuel había muerto porque careció de fuerza moral para enfrentar el espectáculo de su ejército sin ojos. Si bien la causa oficial había sido «el excesivo amor a su gente». Lo había matado la fuerza de su humanidad. En su entierro, el patriarca Filipo había mencionado que «la esencia de Samuel estaba en su vínculo íntimo con el pueblo, en el amor y la misericordia que le inspiraba cada habitante de su imperio».

Basilio Bulgaroktonos había celebrado esa muerte al punto de que casi también le cuesta morirse.

Ahora hasta el más ingenuo anticipaba los planes de Basilio. A esas horas ya estaría marchando con su ejército rumbo a Ohrid.

Bulgaria estaba en la cruz y ellos vendrían a rompernos las piernas.

Quizás era verdad que Gavril Radomir nos culpaba de la muerte de su padre, pero no actuaba por mero impulso. Seguía una estrategia al reclutarnos.

Las ciudades búlgaras se preparaban para un asedio.

Se hacía acopio de alimentos. Se trasladaron los ganados a las inmediaciones de la capital. Se rezaba para que hubiese cosechas tempranas de algunas legumbres. Se llenaron los aljibes. Se acarrearon incontables piedras del peso correcto para descalabrar a quienes quisieran asaltar las murallas con escaleras. Se reunió mucha leña para mantener el fuego de interminables días y noches.

Las historias del pasado hablan de algunas ciudades sitiadas que acabaron capitulando; pero la terquedad o la esperanza o el valor hicieron que esto ocurriera después de mucha enfermedad y mucha hambre. Hace falta gran mortandad y comenzar a comer ratas y excreciones de aves o el muslo de un niño para que el jefe de la plaza opte por rendirse.

El Numerista había sido el encargado de suministros. Si no le hubiesen sacado los ojos, habría conservado su puesto, y ahora sería el responsable de aconsejar a Gavril Radomir que se deshiciera de los ciegos. «¿Sabe usted cuánto comen quince mil ciegos?». Por esta vez habría usado la cifra redonda.

Los duetos de soldados a caballo continuaron con la leva de ciegos por todo el imperio. En la orilla del lago Prespa alistaron al mejillón, al pulpo y al cangrejo mordedor, justo cuando hablaban de lo apacible que era la vida en las orillas del lago.

Igorón dijo a sus reclutadores que no era ciego, que él veía los planetas y las estrellas, el sol naciente y poniente, y hasta el lado oculto de la luna. Pero igual estaba dispuesto a combatir en cualquier batalla que le ordenara el zar. Sólo les pidió que lo aguardaran un momento.

Con indecible rapidez, terminó su olla de lentejas con tocino, amó a su princesa y dio de comer a las gallinas.

Prémeld estaba tallando una muñeca. Le preguntó a su mujer loca si ésa sí se parecía a su hija; pero ella no solía hablar. Se quedó mirándola y cuentan que enloqueció un poco más.

Lo mismo les preguntó a los soldados que vinieron a reclutarlo. Uno dijo que no podía saberlo puesto que nunca conoció a su hija, pero «esa muñeca se parece al demonio». El otro no respondió;

preguntó por qué en ese cementerio de niñas de madera no se metía a las muertas bajo tierra.

Prémeld se despidió de su mujer.

Ella no supo quién se estaba despidiendo de ella.

Él tomó un hacha de su taller y siguió a los dos soldados.

Los que vinieron por Bromo el tarado también llamado Bromo el cerdo estuvieron a punto de no reclutarlo. ¿Para qué servía un soldado tan sin caletre? Pero la orden decía «todos los ciegos sin ojos» y a ellos no les tocaba justipreciar otras facultades. La madre le echó manojos de bellotas asadas en la bolsa y Bromo siguió con gruñidos contentos a los jinetes.

Los reclutadores llegaron a los campos en las afueras de Strumitsa.

«Sabemos que aquí hay un ciego», dijeron.

«Apóstol Santiago o Andrés o Felipe», respondió alguien.

Lo buscaron en los sembradíos. Hallaron los cadáveres frescos y sin desplumar de cuatro cuervos. Ningún rastro del espantapájaros. En esos meses habían cambiado los colores y la vegetación. La única visión constante fue la del inmenso pajarraco de alas negras; y ahora que el zar daba la orden de enlistarlo se había esfumado. Los labradores se pusieron a recorrer el campo y a dar voces. Tres de ellos montaron sus mulas y fueron a los cerros.

Una mujer miró hacia arriba. «Está volando».

Los soldados alzaron la vista.

«El muchacho se pone alas para espantar a los pájaros», explicó un hombre, «y la gente simple jura que lo ha visto volar».

Algo extraño sucedía esa mañana porque los cuervos andaban entre la gente sin ningún recelo.

Los soldados entraron en la taberna. Comieron queso y bebieron vino. Dejaron pasar el tiempo.

«¿Lo encontraron?», preguntó uno de ellos al salir.

La respuesta fue silenciosa. Los lugareños tenían miedo. La espada siempre lleva más autoridad que el azadón.

Uno de los soldados clavó una chapa en el dintel de la entrada de la taberna. «Nadie la quite», dijo. Montaron sus caballos y se alejaron al trote. Los cuervos en el camino volaron para dejarlos pasar.

El archimandrita fue a la celda de Kozaro el escriba. «Allá afuera te esperan unos hombres del zar». Había pasado casi un año desde la última vez que vinieron unos hombres del zar. En aquella ocasión lo llevaron al palacio para escribir todo aquello de los suministros. Kozaro no se quitaba de la cabeza que «garbanzo seco del valle del Morava» fue lo último que había escrito con ojos y buena caligrafía. Y eso le saltaba a la mente con frecuencia. Llegó a pensar que serían sus últimas palabras. En el monasterio se hablaba mucho de imitar a Cristo, pero él sabía que en el martirio de la cruz no diría «*lama sabactani*» ni «*consumatum est*», sino «garbanzo seco, maldita sea, garbanzo seco». Kozaro bajó la cabeza y la alzó. «¿No les dijo, padre, que me faltan los ojos?». El archimandrita dijo que ya lo sabían. «No quieren que escribas. Te llevan a la guerra». Kozaro escuchó las palabras, captó el tono, pero sin mirar la mirada del archimandrita era difícil advertir cualquier ironía. Por la ventana se escuchó el bufido de un caballo, los cascos sobre el empedrado. «Escriba que no escribe», dijo Kozaro. «Soldado que nunca ha peleado».

Bronimir se despidió de sus hijos. «Ya se va el monstruo», dijo. Él había sido el primero en comprarle ojos al judío Moskono. Todavía los usaba, aunque ya se notaban desgastados. Se les había borrado el iris y la pupila. Fueron obras maestras, pero ahora eran esferas que ya no tenían frente o revés. «Duermes con los ojos abiertos», le dijo su mujer. «En cambio te la pasas parpadeando cuando estás despierto». Él se hizo el propósito de parpadear menos, sin que esto significara dormir más. «Ya se va el monstruo», dijeron los niños y le arrojaron piedras. Bronimir se reía y los fulminaba con su mirada en blanco. La mujer también reía y hasta arrojó una piedra. El año anterior, cuando Bronimir partió con ojos, la mujer se había puesto a llorar. «Me dejas con tres hijos», le dijo. Ahora el ciego se fue alejando sin dejar de escuchar las risas de su familia.

Los emisarios del zar pasaron por un molino y preguntaron si ahí había ciegos. El molinero les dijo que no, mas en eso salió un grito desde el molino. «¡Soy ciego!». Fue allá uno de los hombres y encontró a Aleksi empujando la enorme muela. «Pensé que era una acémila», dijo el molinero para excusarse. Los hombres desataron a Aleksi y se quedaron mirándolo bajo la luz del sol. Estaba descamisado y en paños que ya eran mera urdimbre. Les llamó la atención la potencia de piernas y brazos. Aleksi se hallaba tan rebozado de harina que semejaba una estatua de coliseo. Uno de los militares desenvainó la espada y la apuntó hacia el dueño del molino. «Dele un baño, dele ropa y dele seis meses de salario».

ⰴⱅ

El evento se anunció como el «circo máximo». En los cuatro extremos de la plaza central de Ohrid habría cuatro grandes espectáculos. El público tendría que tomar la decisión más difícil de sus vidas. ¿A cuál de los eventos asistir? ¿Es que no podían hacerlo uno detrás del otro? ¿Por qué al mismo tiempo?

En una esquina estaba el malabarista de los diez ojos. «Admiren, damas y caballeros, lo que tantos ojos pueden ver cuando giran en la órbita de los planetas». No sólo era un acto de malabarismo; era la encarnación de aquella sabiduría que muestra la fortuna de los seres humanos como una rueda siempre andante y caprichosa. Para atraer al público, se aseguró que era el espectáculo favorito del patriarca Filipo. El malabarista echó a andar su artilugio de ojos y alzó la voz: «¿Pretenderían ustedes detener la marcha de la fortuna? ¡Oh, mortales insensatos! ¿No ven que si la fortuna se detiene deja de ser lo que es?». Lanzó una amenaza. Dijo que si llegaba a cometer un error y la rueda se precipitaba al suelo, la suerte de todos ya no sería un vaivén, sino un calvario sin tregua. «Los animales tendrán crías de dos cabezas». Muchos asistentes se arrepintieron de estar ahí. Pensaron que mejor hubiese sido elegir otro espectáculo donde el propósito fuera divertirlos y no echarles en cara la flaqueza de su condición humana.

En el extremo opuesto de la plaza estaba Sóndok el lector. Ya había leído muchas veces a numerosos públicos de niños y adultos la carta de san Pablo a los Gálatas, también conocida como el doble asesinato en la panadería de Pliska. Decidió contar una historia nueva. Para eso tenía en sus manos una página de la primera carta de san Pablo a los Corintios. Sóndok el lector había aprendido que al público de crímenes no hay que contarle sino crímenes, y que bastaba cambiar un par de costuras para que percibieran la trama como novedosa. Ahora se trataba de un cantero que llevó a casa la primera piedra caliza que labró. La colocó en un rincón y sobre ella puso la mujer los iconos. No era un pan que pareciera piedra. Ni piedra que pareciese pan. Era meramente una piedra que, según los rumores, guardaba joyas en su interior. El relato era también novedoso porque no ocurría en Pliska sino en Préslav. Llegó a la ciudad un viajero llamado Brantabo que se llenaba de codicia y mataba a la pareja con un cincel y se llevaba la piedra, mucho más pesada que un pan. Como era de esperarse, por ahí pasaba el padre Alzeko y lo interrumpió. Esto es la *próti Epistolí pros Korinthíous*, y usted lo convierte en el doble asesinato de Préslav. Muy irritado, Sóndok el lector le restregó la página al cura. «¿Qué dice aquí?», preguntó. Era justo la línea en que san Pablo establece que un obispo ha de ser «irreprensible, sobrio, prudente, decoroso, hospedador, apto para enseñar; no dado al vino, no pendenciero, no codicioso de ganancias deshonestas, sino amable, apacible y no avaro». El padre Alzeko dio un paso atrás. «Ahí dice que Brantabo clavó el cincel en el pecho del cantero».

En otro costado se reunió el público más numeroso y alborotado, pese a que sólo habían permitido la asistencia de ciegos. Ahí se celebraba un certamen de belleza. Desfilaron tres mujeres anchurosas. Una tenía el rostro enverrugado, doble papo y el cráneo casi calvo. A la segunda le crecía bigote, tenía cejas boscosas y la nariz del tamaño de un puño. La otra era una anciana magiar. Los hombres les gritaban ternezas. Los casados las invitaban al pecado; los solteros, al matrimonio. Aunque las tres mujeres estaban paradas y estáticas, el presentador anunciaba que poco a poco se iban alzando enaguas y refajos hasta la altura de las rodillas para que el público hiciera su mejor juicio. «Hasta las rodillas», repitió para evitar que los ciegos vieran más allá.

Entretanto, en el extremo restante de la plaza Timotéi el titiritero ayudaba a Malinalka a escapar de un campesino ebrio. La voz de la niña marioneta destacaba por sobre la del malabarista y la de Sóndok el lector. Era la primera vez que se presentaba en la capital. Timotéi tenía apenas una marioneta, por lo que el campesino ebrio aparecía sólo de palabra, cuando Malinalka decía «me persigue un campesino ebrio» y se echaba a correr al bosque. Para los ciegos, utilería, escena y elenco eran perfectos; para el público con ojos dejaba mucho que desear. Llegaba la noche y

Malinalka no sabía si tenerle más miedo al borracho o al aullido de los lobos. Timotéi aullaba.

Desde cierta distancia, el propio Gavril Radomir se dejaba conmover por ese bloque de madera con dos palos como brazos. Tenía curiosidad de saber en qué paraba la cosa, pero, igual que un títere barato, levantó el brazo de manera recta a partir del hombro. Era la señal que esperaban sus oficiales.

Un contingente de caballería rodeó la plaza. Habían de aprovechar la reunión de tantos ciegos en el circo máximo. «¡Reclutamiento!», vocearon.

La rueda de la fortuna se detuvo.

Brantabo huyó con el bloque de piedra caliza.

Ganó la mujer de nariz como puño.

Malinalka escuchó pasos cercanos sobre las hojas secas sin saber si eran de hombre o de lobo.

El panadero Nikifor iba en una columna de ciegos rumbo a la capital defendiendo de calumnias a los de su gremio. No era cierto que usaran balanzas amañadas, tampoco le agregaban cal o yeso a la harina. El pan de trigo era de trigo, y los de cebada, centeno o avena eran de aquello mismo; y siempre que hubiese una mezcla se le informaba al cliente y se ajustaba el precio. ¿Harina de bellota? ¿Aserrín? ¿Huesos triturados de animales? No, eso no. Tampoco molían pan viejo para hacer pan nuevo. Los panaderos eran honestos, muy diferentes a los comerciantes de vino. Nadie acababa de creerle. Le preguntaron de qué estaba hecho el pan de los evangelios que se volvió carne. Él dijo que no tenía idea, que ésa no era pregunta para un panadero. «Pero de su horno, Nikifor», quería saber alguien, «¿de su horno puede salir un pan que por algún juramento se convierta en el cuerpo bendito?». Nikifor lo estaba pensando cuando sintió que le daban un pescozón. «¡Nikifor el panadero!», dijo una voz. «¿Sabes quién soy?». Nikifor asintió sin decir palabra. Era Panteleimon el impertinente. «Yo debí golosearme a tu hermana, y así nadie diría que voy a la guerra sin empezar lo que otro habrá de terminar». Los que iban en esa columna recordaron aquella noche entre los esqueletos de Klyuch. Cantaron la canción del pobre Misho. La cantaron sin el arrebato de aquella vez y pronto se callaron. «¿Qué ocurrió?», preguntó alguien a Panteleimon. «Sucede que el Misho de marras está vivo y con los ojos bien puestos y amasando a la hermana del panadero». Panteleimon alzó la voz para que más hombres lo escucharan. «Me dieron pan y cebolla, y me negaron a la hermana». Alguien quiso cantar «pobre Panteleimon», pero eran muchas sílabas para que el canto tuviese cadencia. «Ahora nos llevan a la guerra», dijo Panteleimon, «alguno de ustedes habrá de morir porque en las guerras siempre hay muertos. En el último instante de sus vidas piensen en mí. Uno de ustedes quedará en el campo de batalla y Panteleimon el impertinente regresará como héroe a enseñorearse de la viuda que dejen sola».

Nadie fue tan feliz con el reclutamiento como Radislav el aprendiz de herrero. Había pasado el invierno pulimentando su espada de san Miguel Arcángel. En la empuñadura enrolló un cordón de cuero de vaca. El pomo era un disco brillante de metal que él decía era su ojo vuelto de plata. Su arma no tenía guarda y la mano quedaba indefensa, pero eso a él no le importaba. Alguien le había pedido que se aprendiera la frase que por primera vez habló de una espada en las escrituras. «Echó fuera al hombre, y al oriente del huerto del Edén puso querubines y una espada encendida que se revolvía por todos lados para custodiar el camino del árbol de la vida». No había arado ni guadañas ni martillos ni hachas ni lanzas ni escudos ni arcos ni liras ni flautas ni anillos ni collares ni clavos ni adobes ni ventanas ni tejados ni cruces ni coronas ni música ni baile ni vino ni carretas ni féretros, pero ya había una espada. Cuando tenía oportunidad, Radislav metía de nuevo su espada en la fragua y la sacaba encendida para guardar el camino del árbol de la vida y la revolvía por todos lados. Salía a la oscuridad de la calle y alumbraba el mundo con el fuego del acero. Todos podían verlo menos él, pero a él le bastaba la palabra «fuego» para sentir el ardor. Con esa espada de arcángel y de querubín había escalado en su mente cien veces las murallas de Constantinopla, se había metido en secreto en el palacio imperial y había ensartado a Basilio Matabúlgaros. «¡Soy Radislav Basilioktonos!», gritaba en sueños dormidos y en sueños despiertos.

Los ciegos fueron llegando a la fortaleza en distintas jornadas, en distintos horarios, y siempre estuvo Kúbrat el centinela en las murallas vigilando su llegada. «¡Son de los nuestros!», gritaba. «¡Abran las puertas!».

Llegó la fecha de marchar a la batalla. No hubo tanto tumulto y griterío cuando salimos con ojos el año anterior. Ahora cada habitante de Ohrid y los alrededores quería admirar a ese ejército ciego. Las muchachas nos arrojaban pétalos blancos, amarillos y azulados, como si el color nos importara. Nos regalaban pan recién hecho, queso y embutidos. Éramos los mismos y casi en la misma cantidad por los que Samuel había muerto de pena, y sin embargo ahora provocamos una fiesta. ¿Tanto contraste había entre llegar y marcharse?

Por delante iba la caballería. Los jinetes sí tenían ojos. El Numerista se las arreglaba para contarlo todo y nos dijo que sumaban apenas seiscientos veintidós jinetes. Sólo Gavril Radomir llevaba tres caballos: la bestia de carga que lo transportaba, el destrero para la batalla y un veloz corcel para la fuga. No es por cobardía que huyen los jefes. Han de hacerlo para no convertirse en trofeo del enemigo. Si el emperador Basilio capturara a Gavril Radomir, lo haría desfilar por toda Constantinopla, montado en burro y vestido de mujer. Un general ni siquiera debe pelear porque con su brazo nada logra y con su muerte lo arruina todo.

Del monasterio habían traído a Theotokos para que nos bendijera. «La virgen ciega los va a amparar», dijo el padre Alzeko. Al pasar delante de ella, la tocábamos y acariciábamos. Un teólogo había dictaminado que las estatuas eran para los ciegos y los iconos para quienes pudieran verlos. Al patriarca Filipo le pareció una herejía, pero Gavril Radomir aprobó el dictamen como cosa muy sensata.

Los niños corrían alrededor de nosotros. Algunos se vendaron los ojos y jugaban al ciego y gritaban que querían ir a la guerra.

El judío Moskono instaló su puesto en la calle principal. Puso en oferta el saldo de ojos tan reales que parecían de verdad, y con jactancia y precios altos ofreció los que había elaborado en las últimas semanas. «Hice ojos de mirada fiera para aterrar a los rivales, de mirada triste para extrañar a la mujer, ojos negros, verdes, miradas profundas, inteligentes, filosóficas; ojos desinteresados o valientes o frívolos; tengo también ojos de muerto, ojos que miran al más allá». Ahora sí daba voces como ismaelita porque los ciegos iban sin sus mujeres. Bronimir le compró un par de ojos tristes y se guardó los desgastados. De inmediato se apersonó maese Zósimo, pero Bronimir le dijo que él ya tenía mucha experiencia en meterse y sacarse los ojos. «Los blancos», le dijo Zósimo, «pero los de mirada triste tienen una manera muy precisa de encajarse. No miran hacia el frente, sino hacia lo que pudo haber sido y no fue».

Se dio la orden y comenzamos a avanzar.

Ni el Numerista supo decir cuántas campanas estaban repicando.

«¡Vamos a Samotracia!», gritó alguien de voz potente.

«¡Vamos!», respondieron miles de gargantas.

La historia de los treintaicuatro era ahora la historia de los quince mil.

«Vamos sin ojos».

«Volveremos sin cabeza».

Nos habían tildado de cobardes porque dejamos que nos cegaran. Ahora esa gente se quedaba encogida en casa mientras nosotros marchábamos hacia la muerte como el ejército más valiente que jamás se vio.

ⰄⰖ

Llegó la voz de que estaba oscureciendo y nos ordenaron acampar. Había sido mucho mejor aquella primera noche cuando veníamos ciegos de Constantinopla. Ahora sabíamos que por ahí estaba Gavril Radomir con sus generales, y nos sentíamos niños vigilados por sus padres. Hablábamos en voz baja. No hubo juegos. Nos fuimos quedando dormidos entre los mismos sonidos de viento y de insectos de cualquier descampado. De pronto bajó un ruido potente desde una loma cercana. Era un estruendo que todos conocíamos muy bien. «¡Igorón!», comenzamos a llamar. «¡Igorón!». Hacíamos silencio y notábamos que los ronquidos continuaban, sin que Igorón atendiera al llamado de su nombre. «¡Igorón! ¡Igorón!». Abandonamos toda posibilidad de dormir. Nos levantamos a bailar. Cada quien el baile de su región, alzando bien las rodillas, alguna zapateta. Nadie necesita tanto que lo vean como el danzante. El danzante danza para que lo vean danzar. Pero a nosotros nos daba lo mismo que nadie nos viera. «¡Igorón! ¡Igorón!». Bailábamos al son que nos marcaba el ronquido de Igorón, que tendría que ser el peor instrumento musical desde las trompetas de Jericó.

Gavril Radomir preguntó qué eran esos gritos endemoniados, y un general, por no quedarse callado, le respondió que los ciegos se habían vuelto locos.

A la mañana siguiente nos amonestaron. Teníamos que comportarnos como soldados. Dormir bien. No desperdiciar fuerzas en bailes y desvelos.

Igorón fue el único que amaneció descansado.

Cuando nos dejaron ciegos, no sólo nos quitaron los ojos. También las armas, cascos, escudos, mallas, arneses, petos y nuestras buenas grebas, si es que alguien las usaba. Éramos casi todos de infantería. Había que sumar a Kozaro el escriba, al panadero Nikifor, al encargado de suministros que ahora llamábamos el Numerista y a otros cuantos que nunca habían participado como soldados en una batalla. Ahora, como si Gavril Radomir nos estuviera castigando por haber perdido los juguetes, íbamos muy desprovistos. Apenas con escudo y un arma, que podía ser espada, lanza o maza.

Discutíamos sobre cuál era la más conveniente para un ciego.

Algunos defendían las ventajas de la lanza, siempre y cuando no se lanzara, para mantener al enemigo a raya y con suerte clavarla en un vientre.

Otros preferían la maza. Se dijo que era como un martillo en busca de cabezas mucho más grandes que las de los clavos.

Menos adeptos tenía la espada, que hubiese gozado de mayoría entre soldados con ojos.

La discusión sirvió para que se intercambiaran las armas de acuerdo con la preferencia de cada quien.

Hubo tres que tenían perfecta convicción sobre sus armas. Uno era Radislav con su espada del arcángel Miguel. Otro era el carpintero Prémeld con su hacha. El tercero era Yanko, un arquero del que aún no sabíamos nada.

Kozaro el escriba dijo que no había arma más poderosa que la pluma, pero en esos días prefería confiar en la espada.

Avanzábamos a marchas forzadas. La caballería no iba delante de nosotros, sino a ambos flancos. Así nos enderezaba la marcha y se evitaba que pisáramos las boñigas. Era raro que alguien tropezara. Caminábamos con tal desenvoltura que para un espía a dos tiros de flecha sería difícil distinguir nuestra falta de ojos; acaso le extrañaría notar que íbamos todos juntos, y no en unidades separadas al menos mil pasos para no caer por entero en una emboscada.

«Desertores», dijo alguien. «Pensarán que somos desertores».

Algo así dábamos a entender. A esas alturas ya teníamos noticia de que ni el mismo Gavril Radomir ni el resto de la caballería andaban con galas o estandartes. Jinetes y animales llevaban poca armadura.

Cada final de jornada queríamos descansar. Nada de bailes y canciones. Aquel primer gusto por los ronquidos de Igorón se tornó en molestia.

Lo enviábamos a dormir a tal distancia que sus sueños nos llegaban como el llamado de un venado en celo.

Algunas hembras respondían.

A los soldados nos dan órdenes sobre lo inmediato. Nos sueltan alguna arenga que siempre incluye las palabras «valor», «sacrificio», «victoria» y «Dios». Nadie nos informa acerca de los planes. Cuando algo nos llega es en forma de rumor.

El rumor de ese día era que nos encontraríamos con el ejército enemigo en Klyuch.

«Vamos al degolladero», dijo alguien que había comprado ojos de muerto.

El Numerista dijo que él había pensado mejor las cosas, y no era mala la estrategia de Gavril Radomir. Como no hablaba en voz muy alta, tuvimos que acercarnos.

«No piensen con su propia cabeza», dijo. «Pónganse en el lugar del emperador Basilio».

Esperamos un rato a que dijera algo más.

Guardó silencio.

Esa noche me puse a pensar en el asunto. Me hice la imagen de Basilio llegando a Klyuch, encabezando un ejército resplandeciente bajo el sol con su mucha armadura. Ahí se topa con una tropa andrajosa y mal armada. Quince mil soldados sin ojos le cierran el paso. Los mismos que ordenó cegar. ¿Qué hacer?, se pregunta Basilio. ¿Qué diferencia habría entre el ejército de Herodes que mató niños y el suyo si mata ciegos? La historia tendría mucha tinta para hacer escarnio de Basilio Mataciegos.

Tampoco podía darse la media vuelta. Aún más tinta habría para deshonrarlo.

El primer paso de Basilio sería negociar. «Dejen las armas. Sus vidas serán respetadas. Serán tratados con dignidad».

Las risas de quince mil gargantas no se harían esperar. «¿Dignidad, Basilio? ¿Tú, que nos sacaste los ojos?».

Entonces Basilio pronuncia cualquier bravuconada. «Nos bastan las botas y herraduras para machacarlos». Ellos suenan todas sus trompetas y tambores con el mayor estruendo y gritan para hacernos temer el tamaño y fuerza de un ejército que no podemos ver.

El miedo sabe entrar por los oídos.

Traté de pensar qué vendría después, pero no se me ocurrió nada. Mejor esperar a que las cosas sucedieran de verdad para entonces contarlas.

Me dije que Gavril Radomir era astuto. Pero su estrategia dependía de algo frágil. Que los ciegos estuviésemos dispuestos a defender con la vida nuestra posición. Si nos echábamos a correr, nuestro zar Gavril Radomir se volvería el hazmerreír de los generales de la historia pasada y por venir.

Echar a correr, tirar las armas, dejarnos capturar en número de quince mil, fue exactamente lo que hicimos en la última batalla.

Al día siguiente, Gavril Radomir pasó revista a sus huestes. Hubo un tiempo en que llevar una espada mal cuidada, sin el justo filo, con muescas, óxido o residuos de sangre, le costaba la vida al soldado. Los jinetes, además de las armas, debían tener sus caballos a punto. Si el animal cojeaba, perdía una herradura, enflaquecía o se enfermaba, el jinete respondía con la vida. En aquel pasado, por el estado de la espada del arcángel Miguel, el herrero Radislav habría sido ejecutado; pero esa mañana Gavril Radomir dictó que todo estaba en orden, excepto por un hombre. «¿Quién eres?». El zar estaba acostumbrado a dirigirse a soldados con ojos. Ahora supo que debía desmontar, poner la mano en el pecho del hombre y repetir: «¿Quién eres?».

«Soy Yanko el arquero, también conocido como el arquero Yanko».

Gavril Radomir se preguntó si habría diferencia entre llamarle al arquero en un orden o en el otro sin expresar su duda en voz alta.

Yanko estaba al tanto de que habían provisto a todos con lanza o espada o maza. Pero él desdeñó estas armas. Él era un arquero y se preciaba de ello pese a saber que nadie en un ejército gozaba de tan baja estima como los arqueros. No faltaba quien dijera que las flechas estaban bien para cazar liebres, pero en la guerra eran arma de poca honra. Los guerreros exhibían con decoro las cicatrices ganadas en el cuerpo a cuerpo; mientras que un picotazo de flecha se mostraba como algo obsceno aun si no se clavaba en sitio obsceno. Ningún soldado maldecía al que le encajaba una espada; en cambio despreciaba al flechero anónimo que le había lanzado la muerte desde fuera del terreno de batalla. Una mala saeta disparada por un trivial campesino podía liquidar a un emperador, y encima algunos envenenaban las puntas para matar con apenas un rasguño. Había sido un arquero distraído el que mató a nuestro zar Boris creyendo que mataba a un extranjero. Todo eso lo sabía Yanko, pero también sabía que un ejército sin arqueros era inofensivo. ¿Acaso habían olvidado que casi treinta años atrás se había dado la mayor victoria del zar Samuel contra el emperador Basilio gracias a los arqueros? Allá en Constantinopla, el más grande de sus poetas había llorado con versos su derrota. «Ni aunque el sol se apagara, pensé que llegaría el día en que las flechas búlgaras fueran más fuertes que nuestras lanzas. Mueran los árboles, las montañas funestas, mueran las rocas privadas de aves, ahí donde el león tiembla delante del venado».

El arco de Yanko semejaba algo rígido. A él le gustaba tensarlo con el torso desnudo. Exhibir sus opulentos brazos y hombros. Además, la cuerda era como ninguna. No de cáñamo. No de tripa.

«¿Para qué sirve un arquero ciego?», preguntó Gavril Radomir.

«Para tanto más que un lancero o un espada sin ojos».

Gavril Radomir le pidió el arco. Lo tentó sin atreverse a tensarlo. Pasó el índice por toda la cuerda.

«¿Dónde conseguiste seda?».

Nadie quiso servir de voluntario. Igorón menos que ninguno. Entonces le pidieron a Bromo el cerdo tarado que se estuviera quieto junto a un árbol. Le echaron dos manzanas para entretenerlo.

A cincuenta pasos de ahí, Yanko escuchó los gruñidos de Bromo. Calculó distancias. Sintió el viento. Sacó una flecha de la aljaba. La sopesó. La regresó y tomó otra de plumas exuberantes y punta más afilada.

«¿Está de pie o en cuatro patas?», preguntó Yanko.

Dicen quienes llegaron a verlo que era de lo más fina la disposición del arquero. No inclinó el torso como si quisiera disparar una parábola incierta. Lo mismo que si tuviera ojos, el rostro estaba dirigido hacia un blanco muy preciso; tanto así que cerró la cuenca izquierda y abrió bien la derecha. El brazo adelantado era un tronco; el retrasado era la rama que apenas ondulaba en busca de la justa alineación para aflojar los tres dedos que enganchaban la cuerda.

«Él adiestra mis manos para la batalla», dijo Yanko, «y mis brazos para tensar el arco de bronce».

Había ansiedad entre los ciegos. También silencio. Pudo escucharse la aspiración del arquero.

El crujido de la madera del arco. La cuerda sin música que se liberaba. El viaje de la saeta.

Un instante después también se escucharon los contentos gruñidos de Bromo el cerdo mordisqueando las manzanas.

Gavril Radomir ordenó que se reanudara la marcha.

Corrió la voz. Allá estaba el campamento de Basilio. Los que lo veían, lo veían. Lo que hicimos los ciegos fue escuchar que allá estaba el campamento de Basilio, y cada quien lo vislumbró a su gusto. Kúbrat el centinela dijo: «Veo miles de hombres; muchos más que nosotros. Miles de caballos. Armas relucientes. Guerreros seguros de su fuerza. Mascan raíces para mover las mandíbulas como bestias. Quizás se están peinando».

Tendríamos que peinarnos también. Mirarlos con rabia con nuestros ojos de barro. Di unos pasos adelante para sentir que me acercaba al enemigo. A eso habíamos venido. A encontrarnos con ellos.

Nuestra dirección era el oriente, así es que sentíamos en nuestras espaldas el sol que pronto se ocultaría. Eso también significaba que alguien con ojos los veía mejor a ellos de lo que ellos podían vernos a nosotros. El sol cayendo sobre tanto hierro templado en Constantinopla debía fulgurar como las estrellas. Ellos eran luz; nosotros, sombras alargadas. Ellos, hombres; nosotros, hombres.

Un ciego es un hombre es un guerrero.

Estuvimos no sé cuánto tiempo sin movernos hasta que en la nuca sentimos el fresco del sol que se había ocultado.

Nos sentamos en la hierba y los encargados de suministro nos dieron pan duro y col.

Uno de los generales apostó a dos centinelas con ojos y nos dio la orden de dormir.

«¿Dormir?», preguntó Gavril Radomir. «Mi ejército ataca de noche».

Dicen que era noche sin luna.

Apenas comenzamos el avance, se escuchó un aleteo poderoso. «¿Quién va a la guerra sin mí?».

«¿Quién eres?».

«Soy Apóstol y soy todos los apóstoles, soy el espantapájaros que espanta el sueño a Basilio».

Para los ciegos, Apóstol fue la voz que dijo lo que dijo. Quienes lo vieron aseguraron que era un ave enorme, negra y milagrosa, que al mismo tiempo confortaba y daba miedo. Quizás un ángel, pero ¿hay ángeles con las alas negras? Yo lo tenía muy cerca de mí. Alargué el brazo y toqué las plumas. «Nadie», le dije, «nadie marcharía a la guerra sin llevar a todos los apóstoles de su lado».

ⰄⰅ

Por delante de nosotros iba Bromo. Bromo el tarado. El cerdo sin salar. Resoplaba y gruñía en su lenguaje porcino de tal modo que nos guiaba. Nosotros, sin cascos ni petos ni mallas, evitábamos cualquier sonido metálico. Si entre los enemigos alguien escuchaba nuestros pasos, pensaría en jabalíes pastando y ninguno se atrevería a acercarse a la hembra con sus lechones. ¿Quién tendría ahora una palabra de burla contra el valiente Bromo, el primero que entraría en el campamento de Basilio Matabúlgaros? No faltó quien imaginara el cadáver de Bromo destazado en una mesa de matarife; sus piernas colgando en sendos garabatos. Allá en la aldea estarían su padre y su madre rezando por su muchacho con alma de cerdo bueno.

Pero Bromo andaba seguro de que esa noche no le llegaría su San Martín, a sabiendas de que la temporada de matanza ha de esperar el invierno.

Hubo un tiempo en que los ejércitos seguían a sus generales, reyes o zares; de ellos recibían la orden de atacar. Ahora seguíamos al hombre cerdo. En aquella prueba, Yanko el arquero había apuntado justo arriba de su lomo para no herirlo. Y quienes lo vieron vieron que la flecha le pasó rozando.

Bromo olisqueaba con su morro y nos marcaba el paso. Los cerdos perciben lo que se halla bajo tierra, pero el olfato de Bromo percibía lo que mañana estaría bajo tierra.

Ya estábamos dentro del campamento, entre soldados dormidos.

El primer lamento de muerte. Ésa sería la señal para lanzarnos todos al ataque.

A ciegas era inevitable que algunos de los nuestros mataran a algunos de los nuestros.

Nos habíamos perdonado de antemano.

Fue el propio Bromo quien tropezó con un soldado dormido. Era hora de empezar. El cerdo guerrero le clavó la lanza varias veces como quien hace mantequilla.

Voy a narrar lo que no vi para que lo vea quien me escuche.

Tras el lamento del primer muerto nos lanzamos a la carga contra esos hombres que serían tan ciegos como nosotros. «¡Igorón! ¡Igorón!», habíamos acordado que fuese nuestro grito de guerra. No clavar lanza ni espada ni dar con la maza a quien clamara por Igorón.

Debíamos embestir cualquier otra palabra o sonido.

Igorón estaba muy contento de ir exclamando su nombre. Nuestros enemigos gritaban su miedo. Estarían pensando en demonios, espíritus y castigos divinos. Estarían pensando que se trataba de un mal sueño cuando ya tenían el vientre abierto. «¡Igorón!».

Ellos eran novatos en no ver nada. Lanzaban espadazos que herían a los suyos.

Alzaban la voz con el Padre, con el Espíritu Santo, con los varios nombres del Hijo, con la madre de Dios, y su emperador, con ruegos y maldiciones, y nadie los escuchaba. Nosotros no sentíamos miedo de la noche; decíamos «¡Igorón!», e Igorón era nuestro ángel protector. Igorón era también el poder detrás de la espada torcida del arcángel Miguel con la que Radislav Basilioktonos descabezaba fieles como si fuesen infieles.

Igorón tenía que ser para ellos una deidad bárbara de los bosques y no ese hombre valeroso que a gritos de su propio nombre y el pensamiento en su princesa se adentraba sin escudo en lo más tupido del campo de batalla con lanza en la mano derecha y en la izquierda una espada que había recogido ahí mismo y embestía como toro y manejaba ambas armas como si no fuese obeso y fofo sino el más virtuoso de los guerreros adiestrado desde niño en la palestra.

Mucho miedo les metía Timotéi el titiritero, que gritaba «¡Igorón!» con las voces de santa Gorgonia, la princesa Gertrudis y la campesina Malinalka.

En las batallas diurnas, todo lo ensordece el choque de metales; esa noche era discreto el sonido del metal contra la carne.

Bronimir abría de par en par sus ojos tristes recién comprados al judío y cualquiera diría que la tristeza mira mejor de noche que la felicidad.

Aleksi, recién liberado de empujar la piedra del molino, era tan letal como Sansón derribando las columnas del templo de los filisteos.

Apóstol abría las alas negras convertido en el ángel del abismo.

Con el mismo arte con que Prémeld hacía muñecas muertas, ahora talló hombres muertos.

Escuchamos caballos, pero los escuchamos alejarse.

Hacia allá tiraba el arquero Yanko sus saetas.

Esa noche, más que el ejército ciego, fuimos el ejército invisible.

Llegó el momento de replegarnos. Los enemigos que no estaban muertos habían huido. El ejército que huye de noche se deshilacha. Abundan las deserciones. Se largan con las manos vacías. No falta quien sea devorado por los lobos.

Estaba amaneciendo.

Llegaron cinco mil de nuestros hombres de caballería. Nos habían estado siguiendo sin que lo supiéramos. La mitad se quedó en el campo de batalla y la otra mitad fue a perseguir y matar prófugos. Basilio tendría que ir de vuelta a Constantinopla para rehacerse. No esperábamos ningún contraataque porque los vencidos huyeron tan espantadamente que dejaron atrás armas y arneses y cascos y petos y cotas de malla y muchos muertos.

También caballos.

«Esto es mejor que hacer pan», dijo Nikifor el panadero.

«Mejor que hacer poesía», dijo Kozaro el escriba.

Volvimos al campamento. Gavril Radomir en persona le dio a Bromo la bellota más apetitosa del imperio de Bulgaria.

A la usanza antigua, se levantó un trofeo. Gavril Radomir mandó tallar una piedra. «Y guiaré a los ciegos por camino que no sabían, les haré andar por sendas que no conocían, delante de ellos cambiaré las tinieblas en luz». El botín en aperos de guerra fue enorme. Había pertrechos que ellos nos habían quitado en la batalla del año anterior. También hubo provisiones para comer, incluyendo algunas medidas de garbanzo seco del valle del Morava.

La carpa de Basilio quedó en pie. Una lástima que Basilio fuese tan austero. Otros emperadores del pasado viajaban con joyas y ornamentos, sedas y cortesanas.

En medio del campo de cadáveres, con la cara al sol naciente, se mantenía Radislav revolviendo por todos lados su espada encendida para custodiar el paso entre las montañas de Belasitsa y Ograzhden.

Supimos que Gavril Radomir todo lo tuvo planeado y nunca dudó de nosotros porque nos llegó noticia de que allá en el fondo del valle venía una recua de mulas cargadas con odres de vino.

Cuando se está en casa con la mujer o con los hijos, cuando se siembra, cuando se cosecha, cuando se le da forraje a los animales, cuando se reza o se conversa o se va al mercado o se duerme a gusto en una cama o cuando cualquier cosa, decimos que la guerra es terrible.

Cuando se bebe vino luego de ganar una batalla, se entiende por qué la guerra enamora al hombre. Aquel muchacho que dice tener los ojos azules acabará por decir: «Yo estuve ahí», y todos los que aquí estamos diremos eso mismo mientras sigamos vivos.

Alargué la mano y toqué a alguien que estaba junto a mí. Fui palpando hasta dar con su mano. La estreché con fuerza. «¿Quién eres?», le pregunté.

«Un ciego», me dijo.

Y nos abrazamos.

Nos embriagó el vino y la batalla. Nos agotó el desvelo y la batalla. La noche cayó y nos fuimos quedando dormidos. Dormíamos en otro mundo. Cerrábamos los párpados para verlo todo. Veíamos uno por uno cada cabello en la cabeza. También veíamos los viñedos floreciendo y contábamos cada racimo y cada uva en los racimos. La huella de cada casco de caballo. Veíamos el fondo del mar donde estaría zozobrando aquél de los nuestros que quiso llegar a Samotracia. ¡Cuántos peces y monstruos podíamos ver! Veíamos los amaneceres que le restaban al hombre. Veíamos lo que se ve a través de cada ojo que fue extirpado o arrojado al fuego o lanzado al río o echado en una tumba o encerrado en una alcuza con aceite o puesto en una mesa para mirar el baile de una diosa. Veíamos las moscas que vienen a los ojos cuando los dejan solos.

Fue entonces que alguien hizo notar el silencio.

«¡Igorón!», llamó.

«¡Igorón! ¡Igorón!», clamamos y luego nos callamos.

Todo lo veíamos, pero nada escuchábamos.

«¡Igorón!», levantamos la voz tan alto que nuestros gritos habrían de alzarse por encima de las montañas y bajar a los valles allá donde seguían en fuga los soldados de Basilio y se horrorizaban al saberse perseguidos por ese dios o demonio de la muerte.

Por ningún lado, ni de cerca ni de lejos, nos llegaban esos ronquidos que tanto nos habían fatigado y que ahora ansiábamos tanto.

A la mañana siguiente, los soldados con ojos terminaron de recoger todo lo que se podía rapiñar.

Mandamos a uno de ellos de regreso. «Busca a Igorón», le dijimos. «¿Entre tantos?», preguntó. Nadie quería saber de cifras. Ni miles ni centenas ni decenas. Ni el Numerista deseaba contar nada. Le dijimos que era imposible equivocarse. Si estaba muerto, tendría que ser el más amplio y redondo y noble de los cadáveres. Si no encontraba un muerto tal, entonces Igorón debía de estar por ahí, desorientado, perdido, abrumado por el eco de su nombre. Quizás había perseguido a Basilio hasta que se le acabaron las fuerzas para volver.

El hombre montó su caballo y fue a recorrer el apacible campo de batalla.

No tuvimos que esperar mucho.

«Hallé un ser formidable», dijo. «Pensé que estaba vivo porque miraba muy vivamente con un ojo de luna y otro de sol».

«¿Podemos llevarlo?».

«Un hombre no es de donde nace en un instante; es de donde muere para siempre».

Me tomó la mano derecha. Me entregó dos esferas.

«¿Puedes decirme cómo son?», le pregunté.

«Hay una zona en la que todo es negro, pero se van girando y aparecen la luz y el resto de la creación».

La voz de Gavril Radomir ordenó que fuéramos a casa.

Tuve el impulso de alojar esos dos ojos en mis cuencas, pero me detuve. No eran ojos intercambiables como tantos otros que vendió el judío Moskono. Mucho menos como los ojos de cerdo que el médico Dimitar quiso sembrar en algunas cuencas. Los guardé en mi talega.

Me propuse llevárselos a la princesa.

Cuando ya nos íbamos, llegó otro grupo. Eran los enterradores. Los acompañaba el padre Alzeko.

Siempre es de justicia que un ejército entierre a sus muertos, aunque en las batallas perdidas uno pueda olvidarse de tal consideración. Nos relevaron del trabajo porque a un ciego le resulta difícil hallar a los suyos. Los cadáveres de ambos bandos huelen, suenan y se palpan lo mismo, salvo que nos pusiéramos a toquetearles las cuencas.

El padre Alzeko vio la abundancia de cuerpos que iban a meter bajo tierra y recordó la pila de niñas de madera frente a la casa de Prémeld. No quiso mirarlos con atención para no reconocer a ninguno. Instaló un atril y puso encima las escrituras. Había elegido leer un fragmento de la carta de san Pablo a los Corintios, ahí donde habla de la resurrección, ¿pues qué otro pasaje era de provecho para su asamblea de cadáveres? «Porque por cuanto la muerte entró por un hombre, también por un hombre la resurrección de los muertos». Alzó la voz seguro de que lo estaban escuchando en el más allá. También alzó la vista y distinguió al famoso gordo Igorón. Desvió la mirada y notó que a sus pies se hallaba Sóndok el lector sin ojos. El padre Alzeko se llenó de temor, y cuando debió leer que «la muerte sería el último enemigo en ser derrotado», vio que el texto hablaba de un asesino que le quitaba la vida a un cantero y a su mujer.

ⰄⰈ

Llegamos a la capital. Esta vez nadie se murió de pena por ver al ejército ciego. Los tuertos nos miraban con envidia desde su ojo izquierdo o derecho. Hubo fiesta y mandaron sacrificar y asar algunos de los animales que habían traído para el asedio de la ciudad. Las muchachas del burdel ofrecieron ternezas a quienes no tuviesen ojos. El patriarca Filipo convocó a una misa de acción de gracias, pero ese día había ánimo de celebrar como paganos. «¡Herejes!», proclamó en la iglesia vacía.

Gavril Radomir mandó sacar los ojos del foso. No era lugar digno para esas reliquias de la nación búlgara. Había que meterlos en un sarcófago junto a la tumba del zar Samuel. Unos obreros pusieron de inmediato manos a la obra. Levantaron la losa y allá abajo encontraron el cuerpo de una mujer desnuda. La envolvieron en un lienzo y la entregaron a Ivailo el de Ripsimia.

Los ojos ya no eran las bonitas esferas del otoño pasado. Ahora formaban una masa amorfa. Los obreros la compararon con orejas de puerco. Echaban el mazacote en ollas y lo iban sacando con cuerdas. Las ollas y la idea de orejas de puerco le hicieron agua la boca a más de uno. Ya casi para terminar, encontraron algo más asombroso que la mujer desnuda.

«Alguien tiene que venir a ver».

Mandaron traer al padre Alzeko para mostrar el descubrimiento.

«No veo nada», dijo el padre Alzeko.

Lo hicieron bajar por la escalera. Entonces los vio: dos ojos intactos. Estaban muy juntos. Como si entre todo ese azar y revoltijo se hubiesen aferrado uno al otro para que nadie los separara.

El padre Alzeko los llevó al patriarca Filipo. Los colocaron sobre una mesa del refectorio, y ahí el patriarca los miró con atención. Los hicieron rodar con golpeteos del índice de un extremo al otro. Luego los impulsaron en una especie de juego hasta que hicieron chocar un ojo con el otro. Entonces el patriarca dictaminó sin dudas. «Entre los ciegos hay un santo».

El patriarca Filipo conocía su propia fragilidad en asuntos de la fe. Bulgaria no tenía la tradición de siglos de enseñanzas en Roma ni el ejército de teólogos que trabajaba en Constantinopla para resolver o enredar cualquier friolera. Era difícil decidir en cosas de la fe. A cada monje lo aleccionaban con la historia de Arrio, el presbítero al que Dios le había vaciado las entrañas en una letrina de Constantinopla por predicar lo que no debía. Por eso el patriarca Filipo se encomendaba a todos los santos cada vez que el vientre lo importunaba.

Sin embargo, ahora actuaba con certeza. Estaba seguro de haber leído que el cuerpo y los órganos de un santo eran incorruptibles. Salió del monasterio y se mezcló entre la gente. Miles de ciegos poblaban el lugar. Celebraban, cantaban, bebían. ¿Cómo descubrir al santo entre tanto pecador si ninguno tenía mirada de santidad?

Guardaron ese par de ojos en un relicario y llevaron a sepultar los demás junto a los restos de Samuel. La nueva lápida decía: «Has luchado con Dios y con los hombres y has vencido». La mayoría de los ciegos no asistió. No estaban para solemnidades. Tampoco asistió Ivailo el de Ripsimia. Él fue a comprar una túnica para su mujer. Preguntó al vendedor si tenía una inconsútil. El hombre hizo la señal de la cruz y dijo que no. Ivailo acabó comprando sin regatear un vestido con flores bordadas. Luego fletó una mula y a un mulero. En el lomo del animal puso como enorme alforja el cuerpo envuelto de Ripsimia. Entonces salieron de la ciudad. Cuando estaban ya en el descampado, Ivailo le pidió al mulero que se alejara al menos cien pasos. Iba a ponerle a Ripsimia su vestido nuevo. No quería que nadie viera desnuda a la mujer que había muerto desnuda ante miles de ojos.

La vistió y se quedó observándola con la imaginación y el recuerdo.

Ivailo conocía aquella historia sobre Grota, que muerta fue más bella que ninguna mujer viva. Su Ripsimia le daría otro nombre a la leyenda.

Llamó al mulero y entre los dos volvieron a montar el cadáver. Para evitar que se le abrieran las piernas, Ivailo ató los tobillos de su mujer con una cuerda de seda que había pertenecido a un compañero caído en la batalla.

Reanudaron la marcha.

«¿Adónde vamos?», preguntó el mulero.

Ivailo no lo sabía. El valle se extendía más allá de lo que podía mirar un ciego o un hombre con los ojos bien puestos. Quizás si se alejaban hasta el fin del mundo podrían dar con un sitio en el que nadie hubiese escuchado la historia de Ripsimia, la que bailaba con los muertos.

Anelia, la del nombre con seis letras, había esperado un año antes a su prometido. Nunca lo vio llegar. Supuso que se pudo perder, tal vez lo habían esclavizado en un molino o quizás le había avergonzado volver a ella sin ojos. Ahora estuvo muy atenta en el segundo retorno del ejército ciego. Lo iba a encontrar ahí. Lo tomaría por la oreja y le diría que ninguna falta de ojos lo dispensaba de las promesas que le hizo. Miró a todos desfilar. Contempló la celebración de los demás sin que ella tuviese nada de que alegrarse. Muchas personas en Bulgaria ya conocían «La historia de los treintaicuatro», pero por mero azar o prudencia no había llegado a los oídos de Anelia. En todo ese tiempo ella se había creado incontables historias que explicaban la ausencia de aquel muchacho con el que iba a compartir el resto de su vida. Sus historias solían tener buenos finales como las del titiritero Timotéi. Cierto que la marioneta santa a veces fue a la hoguera y que alguna vez a Malinalka la devoró una fiera; pero ni la más funesta de las versiones de Anelia tenía que ver con una cabeza de cuencas vacías que rodaba junto a otras treintaitrés que sí llevaban sus dos ojos bien puestos. Todo relato que Anelia armó sobre ese muchacho llamado Yulian, con nombre también de seis letras como tantos otros, era la historia de uno y nunca de treintaicuatro, y el día que por fin algún desconsiderado le contara «La historia de los treintaicuatro» ella pensaría que ahí sólo había un protagonista, que los otros treintaitrés eran mero relleno, y el relato debía titularse «La fatídica historia del muchacho que se sacó él mismo los ojos con tal de estar por siempre con Anelia, pero el maldito Basilio Bulgaroktonos, que el diablo se lo lleve pronto, dispuso otra cosa».

Anelia, la del nombre de seis letras, subió a la muralla para ver mejor.

«¿Quién vive?», preguntó Kúbrat el centinela.

«Busco a mi hombre».

Kúbrat se ofreció a ayudar. Pasaron las horas.

Pasarían los días.

Él, incapaz de ver a los vivos; ella, sin modo de ver a los muertos.

Otra mujer estuvo por ahí con los ojos bien abiertos. Era Marga, la hermana del esclavo Aleksi. Por poco no lo reconoce. Más allá de que un rostro sin ojos ya no es el de siempre, en esos meses Aleksi había transformado su cuerpo en el de un titán. Marga lo abrazó. Sintió sus músculos de liberto y deseó de todo corazón que no fueran hermanos.

En los días siguientes estuve preguntando por la aldea de Igorón, hasta que un comerciante me dijo que él tenía que pasar por ahí. «El tal Igorón», me dijo. «Tiene una mujer como abeja reina». Yo no le aclaré que Igorón estaba muerto. Era difícil pronunciar tal frase. «Igorón está muerto». Y si no podía decírsela a un desconocido, ¿cómo lo iba a hacer delante de la princesa?

Fueron seis jornadas de camino en las que varias veces pensé regresar. Tirar los ojos. Dejarlos olvidados en una taberna. Apostarlos y perderlos.

Pero aquel soldado había encontrado a Igorón y me puso la luna y el sol en las manos, y yo los acepté como un deber o un destino.

Nos detuvimos.

«¿Puede usted oler?», me preguntó el comerciante. «Dicen que a los ciegos les crece la nariz». Llegaba un aroma milagroso. «En esa casa comen como los dioses», dijo el hombre. «No a todos los expulsaron del paraíso».

Él continuó su camino. Yo sólo debía avanzar hacia donde me indicara el olfato.

Mis piernas se resistían a dar un paso.

Fue cuando escuché la dulce voz de la princesa: «¿Igorón?».

Radislav el aprendiz llegó al taller del herrero. Recargó a un lado de la puerta su espada de arcángel. «Maldito el que la toque», dijo. Los curiosos se acercaron. Querían reconocer en sus porosidades un trozo de pellejo o la sangre seca del enemigo. Radislav fue derecho adonde el patrón martillaba una placa de metal.

«Ya no quiero ser aprendiz», dijo Radislav. «Quiero ser maestro herrero».

El patrón se quedó viendo a Radislav. Notó que había comprado unos ojos con discos de plata. Reflejaban el fuego de la forja. «¿Qué sabes hacer además de espadas que parecen atizadores?».

«Quiero ser maestro herrero».

«Ya te escuché», dijo el patrón. Tiró sus herramientas y salió del taller.

Radislav se puso a gatear por el suelo hollinoso. De entre los residuos de hierro eligió tres varillas. Las puso a calentar. Las martilló. Las calentó. Las metió en agua. Las martilló. Hubo un momento en que creyó ver lo que hacía.

El patrón no volvió.

A los cuatro días se le acabó el carbón al maestro herrero Radislav.

Salió del taller con tres alcayatas que parecían versiones disminuidas de su espada.

«Los clavos de Cristo», dijo, y la gente se acercó a tocarlos. «¡Los clavos de Cristo!», gritó y el pueblo derribó un árbol y erigió una cruz. «¡Los clavos de Cristo!», llamó a gran voz y la gente clavó con esos tres clavos a un cristo muerto que nadie, salvo los ciegos, podían ver.

Los mismos soldados que se habían llevado a Seráfim tuvieron la cortesía de traerlo de vuelta. La familia interrumpió su trabajo de recortar unos pergaminos para recibir al guerrero de los ojos azules. «Me alegra volver a verlos», dijo Seráfim, y su padre lo abrazó.

Por la noche, mientras cenaban y bebían vino, pronunciaron impunemente ciertas frases. «Eso está por verse», dijo Seráfim cuando Tódor el tuerto comentó que la diócesis de Glavinitsa había prometido pagarles ese fin de mes. Luego la madre habló sobre la posibilidad de emparejar a Seráfim con la hija del comerciante de caballos de un pueblo vecino. «Pero antes tienes que darle el visto bueno a la muchacha». Y cuando el padre le sirvió más vino, se animó a decirle que había vaciado el primer vaso en un abrir y cerrar de ojos.

El padre se puso a hablar de su última visita a Glavinitsa. «Allá me enteré de la historia verdadera de tus ojos azules». Era un relato que la gente contaba sin creer en él, pero no por eso perdía el derecho de ser contado. Tenía que ver con un barco que llegó a Constantinopla cargado con ánforas de vino de Creta; vació toda su carga y se recargó con otras mercaderías que habría de ir vendiendo en islas y puertos del mar Egeo. Un pescadero de nombre Longino había abordado el barco. Dijo que no quería pescar ni comerciar, sino recordar sus viejos tiempos de marino aunque ahora lo hiciera como un mero pasajero. «El barco fue deteniéndose en muchos lugares», explicó el padre, «pero sé que los dos más cercanos a nosotros fueron Tesalónica, en los primeros días, y de ahí bajó al Pireo, dio la vuelta a las tierras griegas y subió a Dirraquio, ya al final». Y la historia increíble que pudo haber llegado desde uno de esos dos sitios o desde ambos, cayó en oídos de la única persona que estaba dispuesta a creerla. «Ese Longinos arrojó tus ojos azules por la borda», el padre dio un trago más al vino, «y el mar tomó el color que tuvo el cielo en el segundo día de la creación».

«Ver para creer», dijo Seráfim.

Mas el padre le respondió:

«Yo lo creo sin ver».

Bromo el cerdo llegó a casa. Antes que él habían llegado las noticias del modo en que se convirtió en héroe de la guerra. Bromo había encabezado el ataque. Había dirigido el ejército ciego de Bulgaria. Él solo había estado al frente de miles de hombres. El general Bromo.

La aldea lo esperaba. Ahora nadie se burlaba de él, nadie le preguntó quién lo iba a salar. Sabían que el propio Gavril Radomir lo había honrado con una suculenta bellota. El relato fue pasando de boca en boca hasta que aquella bellota vino a convertirse en la hija menor del zar.

«¡Bromo se nos casa!».

«Bromo el futuro zar».

«Bromo Primero».

Pero bastó mirar la acogida que le daban los cerdos y la manera en que él se echó en cuatro patas para abrazarlos, bastó escuchar el modo en que se entendían con gruñidos para que la hija menor del zar se convirtiera en una bellota.

También Timotéi el titiritero había recibido un regalo del zar. Gavril Radomir le entregó un viejo títere con el que había jugado en su infancia.

«¿Es hombre o mujer?», preguntó Timotéi.

A Gavril Radomir le ofendió la pregunta. «Nunca jugué con muñecas».

Timotéi lo llevó a casa. Lo estuvo toqueteando hasta estar seguro de su composición. Los brazos tenían articulaciones en los hombros y codos; las piernas sólo en la pelvis. Con la yema del índice reconoció ojos, nariz y boca. La boca estaba abierta como en grito, llanto o carcajada. El obsequio de Gavril Radomir venía acompañado de un estuche con espada y lanza de madera, casco de piel, escudo de tela y otros adminículos para la batalla.

Timotéi pensó que necesitaría un nuevo repertorio de historias. Sus cuentos de santa, beata, princesa o campesina no funcionaban con santos, beatos, príncipes o campesinos. A veces los reyes iban a cazar al bosque y se enamoraban de una bella campesina, ¿pero qué reina andaba entre matorrales seduciendo al hortelano? Los príncipes hacían la guerra o vengaban al padre, pero no andaban huyendo de matrimonios arreglados. San Jorge cortaba en pedazos un dragón mientras a santa Águeda le trozaban los senos. La castidad por la que sus heroínas daban la vida no podría importarles menos a sus héroes.

«Voy a prenderle fuego a Constantinopla y todos morirán», dijo el títere con una voz viril muy distinta a la de Malinalka.

«¿Qué más?», le preguntó Timotéi.

«Capturaré a Basilio», dijo el títere. «Le sacaré los ojos».

Eso hacía falta. Que su títere les hablara a los niños sobre la guerra. Que los preparara para defender el imperio. Que les enseñara a odiar al enemigo.

Abrazó a Malinalka.

«Ya no tienes cabida en estos tiempos», le dijo. «Te llevaré de vuelta adonde tus padres».

«¿Con el carpintero y la loca?», preguntó Malinalka. «Estoy mejor contigo».

«Yo ya tengo una marioneta de verdad».

Malinalka alzó sus dos brazos y se puso a sollozar. Las articulaciones no permitían que se tapara el rostro.

«Ésos son míos». Timotéi le desclavó los brazos. «También tu vestido de campesina». Desnuda y manca la echó en una bolsa y se puso en camino. «¿No eran así tus finales felices? ¿No escapabas siempre del malvado y volvías a casa de tus padres?».

Lo mismo que se abarató el oficio de maestro sacaojos en Constantinopla, se había devaluado ahora el de meteojos en Bulgaria. Cuando Zósimo le montó el primer par a Bronimir, cuando hizo lo propio con Igorón, la gente lo creyó un mago, pero a fuerza de repetición resultó obvio que no hacía falta ciencia ni arte ni ensalmo para alojar las canicas en las cuencas. Bastaba lubricarlas con aceite o saliva y empujarlas con la yema del pulgar. Por eso llegó maese Zósimo al mercado. Su burro cargaba un enorme perol y un barril repleto de harina de cebada. Se acomodó en cualquier claro. Encendió fuego, echó la harina en el perol y agregó agua. También un puñado de sal. Ninguno de sus instrumentos de sacaojos era útil para agitar la mezcla. Lo hizo con un remo.

Se acercó el zapatero cuando percibió un olor comestible.

«¿Qué haces?».

«Papilla», dijo Zósimo. «Harta papilla».

Entre los muertos estuvo Panteleimon el impertinente. Tal parece que en vez de gritar «¡Igorón!» dijo alguna impertinencia y uno de los nuestros lo mató creyendo que mataba a un rival. Al día siguiente ya corría la leyenda de que fue el panadero Nikifor quien lo había desnucado con un mazazo enfurecido. Las viudas se evitaron un mal momento con ese hombre que sin respetar duelos se hubiese arrimado a una y a otra y a otra más como quien pretende cobrar una herencia. Un par de ellas agradecieron a Nikifor el panadero, pero él juró por todos los cielos que nada tuvo que ver con el asunto.

Allá en el campo de batalla ninguno de los muertos conoció la suerte de los otros que también iban muriendo. Varios ciegos dedicaron su última traza de lucidez para recordar a la mujer que dejaban viuda y su último aliento para maldecir por éste y todos los siglos a Panteleimon el impertinente.

Prémeld entró en su taller. Tomó una rama gruesa y seca. Le raspó la corteza. Luego estuvo lijándola con paciencia. No empleó sus herramientas de siempre. Ahora trabajaba con apenas lijas y limas. Dijo que tenía en manos el más grande diamante del mundo.

Había que pulirlo.

La mujer loca de Prémeld lo miraba desde un rincón. No se había dado cuenta de que su marido se marchó a pelear una guerra, que volvió sin ojos y que había marchado de nuevo a la guerra con el ejército ciego de Gavril Radomir.

Prémeld nunca se interesó en comprarle ojos al judío Moskono. ¿Por qué iba él a tener ojos si a sus muñecas les faltaban?

Era el tercer día y Prémeld no pudo soportar la lentitud con la que se pulen los diamantes. Echó la rama en el fogón y se puso a hacer sus muñecas de siempre.

En eso oyó que tocaban a la puerta. Ahí en el umbral estaba aquella primera muñeca que hizo tras la muerte de su hija. Prémeld la reconoció cuando la tomó en sus brazos. La acarició. La besó. De inmediato fue con su mujer.

«Ha vuelto», dijo.

La mujer se puso a gritar. Abrazó el trozo de madera con todas sus fuerzas.

Sonaron las campanas. Era día de iglesia. Prémeld salió con su mujer. Ella iba con los cabellos ordenados. Saludó a sus conocidos. Dijo que tenía mucho gusto en verlos. Que estaba contenta por el retorno de su marido. Besó dos iconos y se puso a rezar. Luego habló con el sacerdote sobre la próxima fiesta. Dijo que ella podía preparar alguna gollería, quizás pan enmelado con pasas.

Todos estaban asombrados. «Recuperó la razón», decían en susurros a sus espaldas.

Prémeld sabía que no era así. El retorno de la hija de madera había agravado la locura de su mujer a tal punto que actuaba como si fuese normal tener un marido sin ojos que esculpía las muñecas más desgraciadas del orbe.

Una mañana corrió la voz. Ahí estaba Apóstol espantapájaros matando cuervos y recorriendo los sembradíos y aleteando sus descomunales alas negras. Renqueaba de la pierna derecha por un golpe de maza; tenía un tajo fresco en la mejilla. La gente se organizó para ir en grupo a hablar con él. «Cobarde», le llamaron. Le reclamaron que apareciera justo ahora, cuando ya sus hermanos ciegos habían vuelto de la guerra. «Te crees muy valiente espantando bichos en vez de haber ido a matar guerreros». Alguien le recordó que hasta el apóstol Pedro había sacado su espada contra quienes arrestaron a Jesús. Llevaron al espantapájaros a la puerta de la taberna para mostrarle la chapa que habían clavado los soldados.

Un hombre le tomó la mano y se la alzó para que la tocara. «Desertor», el tabernero le dio un manotazo en la nuca. «Enlodaste nuestra aldea». Un viejo aseguró que él había peleado con los zares Pedro, Boris, Roman y en los primeros años de Samuel. «En mis tiempos nadie se escondía». Apóstol sacó su cuchillo con el que destazaba cuervos. Con un movimiento rápido arrancó ese trozo de metal que apenas un instante atrás se ostentaba como una maldición. «Está prohibido», dijo una voz. Apóstol no tuvo ganas de hablar. Desplegó las alas y se marchó al campo. Aquella noche de la batalla había volado a la carpa del mismo Basilio Matabúlgaros. Aun sin ojos pudo ver la expresión de temor en el emperador. «Los ciegos vienen por ti», le advirtió en silencio, porque lo que en verdad dijo fue «¡Igorón!». Entre su gente era un cobarde, pero allá en la capital y entre sus compañeros de armas bien conocían el valor de Apóstol espantapájaros; allá lo habían llamado Juan, como el apóstol que aparece en los iconos convertido en águila, ese mismo Juan que en su revelación había hablado de un ser viviente que tenía rostro como de hombre y era semejante a un águila volando, con seis alas y lleno de ojos, un ave fabulosa que no paraba de decir santo, santo, santo es el Señor Dios Todopoderoso, el que era, el que es y el que ha de venir. Pero acá en su tierra, quienes tenían los ojos bien puestos no vieron su semejanza con ese pájaro glorioso y eterno de seis alas y lo injuriaron. Una mala fecha lo echaron a pedradas, y Apóstol se marchó como ave migratoria. Estaba escrito que los apóstoles habrían de ser vituperados y perseguidos. Lo que no estaba escrito, pero igual sucedió, fue que a los campos en las afueras de Strumitsa llegó una plaga de estorninos. Ni las raíces de nada quedaron. Las mujeres vistieron sus tocados de luto con plumas negras de cuervos y salieron al campo a ofrecer sacrificios. Los hombres se arrancaron las barbas en lamento de sus tierras yermas y se montaron en yeguas y mulas para recorrer el imperio de Bulgaria en busca de Apóstol espantapájaros, pero nunca nadie dio señas de haberlo vuelto a ver ni en la tierra ni en el cielo.

El Numerista dejó de contar «La historia de los treintaicuatro». Hubo un tiempo en que le daban nabos cocidos por ese relato; pero acabó por volverse del dominio público y ahora son otros los que lo cuentan a cualquier cliente nuevo que llegue a la taberna. El Numerista lo acepta, aunque haya narradores que alteren los detalles. Una vez escuchó que a los treintaicuatro no les cortaban la cabeza, sino que los arrojaban desde el torreón más alto de las murallas de Constantinopla, y no intervino para hacer la corrección. Tampoco dijo nada cuando el muchacho que se sacaba los ojos los echaba al suelo y los pisoteaba sin que apareciese nunca el nombre de Anelia. Lo que no acepta es que cambien la cantidad. «¡Treintaicuatro!», le gritó a alguien al que se le hizo fácil redondear el número a cuarenta. «Yo nací para contar números; no historias», dijo el Numerista. Entonces le dio por sentarse en un rincón y contar desde el uno hasta el catorce mil ochocientos, y luego treintaicuatro más. Hacía las operaciones pertinentes. Repetía que en esa cantidad de hombres cabían catorce mil seiscientos cincuentaidós ciegos y ciento cuarentaiocho tuertos. «¿Saben cuántos ojos se sacan en total?». Y él mismo respondía que eran veintinueve mil cuatrocientos cincuentaidós. Y entonces comenzaba a contar otra vez los ciegos, desde el primero hasta el último. No es cosa entretenida. Que a uno le cuenten historias, sí; pero que le cuenten números es muy aburrido. Ya cansa ir del uno al cien si no se trata de dinero. Algunos llegan a la taberna cuando el Numerista va por el medio camino. Lo escuchan decir «siete mil doscientos veintiuno, siete mil doscientos veintidós...» y les basta con eso. Contar tanto número le llevaba al Numerista toda la jornada. «Yo contaba muy bien cuando tenía ojos», dijo alguna vez, «y ahora sin ellos cuento aún mejor».

La mujer encendió una tea y fue a despertar a sus tres hijos. «¿El monstruo?», preguntó uno de ellos. Ella los llevó al lecho vacío de su padre. Estuvieron mirando la cobija de figuras orientales hasta que se agotó la luz. «Los monstruos ya no existen», dijo la madre y fue al rincón a recostarse con sus hijos en espera de que pasara esa noche y pasaran miles de noches hasta que llegara la noche del fin de los tiempos. Los niños no tuvieron que comprar ojos tristes al judío Moskono para tener ojos de niños tristes.

El patriarca Filipo creía en el poder de la oración a pesar de que nunca había cocinado habas orando y en cambio sí lo había logrado poniéndolas en una cazuela sobre el fuego, con suficiente agua y tres hojas de laurel. Así las cosas, primero oró y después fue a buscar al único de los ciegos que conocía.

Entró en la celda de Kozaro el escriba sin tocar la puerta.

«Hay un santo entre ustedes», anunció.

«Quince mil», dijo Kozaro.

El patriarca se irritó. Le llamó hereje y se marchó.

Muy pronto estuvo de regreso. Le habló a Kozaro sobre los ojos incorruptos.

«Tú has estado con todos ellos», le dijo. «¿Quién es el santo?».

Kozaro tomó en serio la pregunta. Pensó en Aleksi el esclavo. Tenía que haber mucha santidad en empujar una piedra de molino en movimiento perpetuo de círculo perfecto. También habría santidad en aquel aprendiz de herrero, Radislav, recordó que se llamaba, que esgrimía la espada del arcángel Miguel con mayor destreza que un san Jorge vuelto a nacer. Imposible no pensar que Igorón era un santo mártir. «Nadie tiene mayor amor que aquel que pone la vida por sus amigos».

Pero tantos otros habían muerto, no sólo por sus amigos, sino por masas de desconocidos. Quizás un santo era aquel que hubiese muerto en aquella batalla sin que nadie lo notara o sin que nadie lo extrañara. A ningún ser humano le daba un ardite que ahí hubiese muerto Panteleimon el impertinente. Pobre Panteleimon. Muerto y sin la hermana del panadero. ¿No era eso santidad? Kozaro pensó que también Seráfim tendría que ser un santo si aun sin ojos tenía los ojos azules. Santo Bronimir, que fue soldado, fue monstruo, fue arcángel y fue nada. ¿Y qué había de nadar a Samotracia o volar en un acantilado? Santos los que fueron pulpo y mejillón y cangrejo mordedor. ¿Acaso no había atroz martirio y santidad en ser retenido por tres hombres y sentir dos pulgares de uña larga y sucia entrar por los lagrimales y entonces maldecir a los dioses y escupirles y decirles que peor tacha hay en un dios sordo que en un hombre ciego? Santo, santo, santo como todos los apóstoles tenía que ser aquel espantapájaros que llevaba el nombre de todos los apóstoles. Santo era el panadero Nikifor, que ya no distinguía el momento en el que la masa doraba su corteza en el horno y a veces quemaba el pan y a veces lo sacaba crudo o le quedaba más duro que el bucelato pero siempre tomaban y comían todos de él. Santo Ivailo el de Ripsimia, que tenía por delante cuarenta años de peregrinaje hasta dar con la tumba prometida. Santo el arquero Yanko porque, la verdad sea dicha, más pronto hubiese derribado él a Goliat con una flecha que David con su guijarro. Doblemente santos los cinco ciegos a los que dos veces desojaron. Santo el Numerista, que había contado cada ojo, y Vancho el curtidor para quien la vida eterna era la muerte eterna enterrado en su sepulcro.

«Quince mil», volvió a decir Kozaro.

El judío Moskono llegó a su puesto, instaló la mesa y puso doce pares de ojos en exhibición. Había alcanzado lo que creyó imposible. Cada par era único. Cada par mostraba un temperamento, un estado de ánimo distinto, y Moskono lo había logrado con apenas cambiar un trazo, con ampliar levemente la pupila y reducir el iris, con dar un toque brillante o uno mate, con ovalar los círculos. Sobre todo lo había logrado porque dejó de esmerarse en que sus ojos parecieran de verdad.

Fue por el vendedor de iconos y lo trajo para que admirara sus creaciones. En esos ojos había tristeza y alegría, nostalgia, miedo, rabia, arrepentimiento, hambre de venganza, cansancio de vivir, vanagloria, desamor, ambiciones y fe perdida. Las miradas son contagiosas y el vendedor de iconos se contagió de tantas cosas que se arrepintió de haber traído hijos al mundo.

«Tuviste la mirada sin esperanza». El vendedor de iconos observó a Moskono. Tomó los ojos de vanagloria. «Ahora pecas de arrogancia como estos dos».

Una mujer se paró entre ambos. Estuvo mirando la mercancía.

Como todo arte está sujeto a interpretación, señaló los ojos arrepentidos y dijo: «Esos ojos de borracho van bien para mi marido». Moskono le dijo el precio, pero ella lo rechazó con un movimiento de manos. «Tendría que comprarle también los perezosos para la cruda de la mañana, luego ponerle los iracundos cuando reñimos, los amorosos cuando le pasa la ira, los hambrientos cuando me pide de comer... Todo el día sacando y metiendo ojos».

De una pila, Moskono tomó un par de los que parecían de verdad, sin elegir nada, puesto que todos eran iguales y simétricos, todos izquierdos y derechos.

La mujer pagó y se marchó.

«Los iconos tienen la constancia de que carecen los hombres», dijo Moskono.

El vendedor de iconos volteó hacia su tenderete. Por primera vez notó que la Virgen nunca se cansaba de sostener a su hijo en un brazo.

«¿Qué vas a hacer, Moskono?».

«Eso ya lo resolví». El judío abrió un cofre de madera. Había decenas de ojos insólitos dc cualquier color, iris con trazos infantiles, rayonados con tonos de sangre fresca y también seca, destellos y oscuridades, ninguno tenía su par ni llevaba simetría, miradas rectas, miradas oblicuas. Sobre todo llamaban la atención las pupilas deformes y enormes, los colores estrafalarios «de un arcoíris nocturno», según dijo el vendedor de iconos.

«Son los ojos de la locura», dijo Moskono. «Así debió de mirar tu dios desde la cruz, y así han de mirar todos los ciegos y cada hombre con ojos que alcance a entender lo que significa ser hombre».

Le entregué a la princesa los ojos de luna y sol sin saber cuál tenía en la mano izquierda y cuál en la derecha. La pena que mató al zar Samuel cuando vio a su ejército ciego no fue tan grande como la de esa mujer cuando conoció la muerte de Igorón. Pero ella no murió ni pidió un vaso de agua helada. Me dijo que tenía desde temprano en el fuego una olla en la que echó lentejas, una gallina gorda y un tocino entero que venía guardando desde antes del invierno. Había presentido que Igorón llegaba ese día y apenas llegaron sus ojos. Pensé ofrecerme como moneda de cambio y quedarme ahí en el lugar de Igorón. Me callé porque la idea era la más grande vulgaridad, y también era la más grandiosa de las ideas si yo fuese la medida de todas las cosas. Me iba ganando el hambre, pero no me atreví a pedir un plato de esas lentejas que ahora eran banquete de muerto. Pensé en esa gallina gorda. Pensé en el desmedido Igorón tirado en el campo de batalla. ¿Cuántos hombres y bestias habrían hecho falta para traerlo desde allá?

Los pasos de la princesa fueron a un rincón de la casa. Escuché el manotazo que le daba a los iconos. En ese altar habrá colocado los ojos de cosmos, negros como el ónice con el que Igorón vio el infinito. Un infinito que quizás estaba apenas compuesto por su princesa.

Salí sin decir nada. Anduve recto hasta dar con el cruce de caminos en el que me había dejado el comerciante. Me senté a esperarlo. A él o a quien pasara por ahí.

El delicioso aroma salido de la casa de Igorón se fue transformando poco a poco hasta volverse olor de lenteja quemada.

Lo que después ocurrió habrá de leerse en cualquier compendio de historia, porque los historiadores hablan de grandes cosas que a pocos interesan. En cambio no hablan del día en que los ciegos nos metimos como niños al mar, ni de aquella distante mañana en que los cuervos escarbaron en nuestras cuencas; los historiadores no tienen idea de quién fue Igorón o su princesa ni tienen noticia de aquellos ojos de sol y luna; no saben que un muchacho se libraba de la ira del padre diciendo que tenía los ojos azules, no saben jugar al bo, ignoran la música que se hace con los esqueletos, no hablan de maese Zósimo porque carecen de actas que prueben su existencia, omiten a Moskono porque no hay testimonio de que algún judío viviera entonces en Bulgaria, descartan a Bromo el cerdo como una leyenda, aseguran que ningún hombre puede volar con alas de cuervo, les parece una impertinencia hablar de Panteleimon, borran a Prémeld de los anales porque ¿dónde están esas muñecas muertas y dónde está Theotokos?

En cambio sí mencionarán lo que todo el mundo sabe. Que a los tres meses Gavril Radomir fue asesinado por su primo. Que el mismo Basilio había comprado esa muerte. Que antes de que pasaran tres años dejó de existir el imperio búlgaro. Que todos nuestros zares descansan en sus tumbas.

Y los ciegos habremos de ser excluidos de toda crónica y memoria porque nuestro alfabeto apenas se usa para rezar, y Basilio Matabúlgaros no permitirá que sus amanuenses dejen por escrito que cierta noche unos soldados sin ojos le desbarataron el ejército y a él lo espantaron al punto de echarse a correr descalzo y en paños de dormir, tropezando una y otra vez en esa oscuridad en la que los ojos sirven para nada.

Por eso de la historia de los quince mil ciegos acaso quedará que matamos de pena a nuestro zar Samuel y los garabatos que un delirante escriba sin ojos trazó en los muros de su celda con la pluma negra de un cuervo.

XXIX Premio Alfaguara de novela

El 27 de enero de 2026, en Madrid, un jurado presidido por el escritor mexicano Jorge Volpi, Premio Alfaguara de novela en 2018 por *Una novela criminal*, y conformado además por la escritora argentina Agustina Bazterrica, la escritora mexicana Brenda Navarro, la *scout* y programadora cultural (Finestres, Cataluña) Camila Enrich, el periodista y director de *Página Dos*, de La 2 (RTVE), Óscar López, y la directora editorial de Alfaguara, Pilar Reyes (con voz pero sin voto), otorgó el **XXIX Premio Alfaguara de novela** a la obra titulada ***El ejército ciego***.

Acta del jurado

El jurado, después de una deliberación en la que tuvo que pronunciarse sobre cinco novelas seleccionadas entre las mil ciento cuarenta presentadas, decidió otorgar por mayoría el **XXIX Premio Alfaguara de novela**, dotado con ciento setenta y cinco mil dólares, a la obra presentada bajo el seudónimo de **Kozaro el escriba**, cuyo título y autor, una vez abierta la plica, resultaron ser ***El ejército ciego***, del escritor regiomontano **David Toscana**.

A partir de un hecho histórico del siglo XI en el que Basilio II, emperador de Bizancio, ordena cegar a 15.000 soldados búlgaros, el autor crea una fábula oscura y poderosa, alejándose del relato histórico convencional para ofrecer una lectura simbólica, casi mítica, sobre la guerra, el poder y la resistencia. La novela adquiere un tono oral y poético que mezcla testimonio, leyenda y humor negro. Una gran épica de los vencidos.

Premio Alfaguara de novela

El Premio Alfaguara de novela tiene la vocación de contribuir a que desaparezcan las fronteras nacionales y geográficas del idioma, para que toda la familia de los escritores y lectores de habla española sea una sola, a uno y otro lado del Atlántico. Como señaló Carlos Fuentes durante la proclamación del **I Premio Alfaguara de novela**, todos los escritores de la lengua española tienen un mismo origen: el territorio de La Mancha en el que nace nuestra novela.

El Premio Alfaguara de novela está dotado con ciento setenta y cinco mil dólares y una escultura del artista español Martín Chirino. El libro se publica simultáneamente en todo el ámbito de la lengua española.

Premios Alfaguara

Caracol Beach, Eliseo Alberto (1998)
Margarita, está linda la mar, Sergio Ramírez (1998)
Son de Mar, Manuel Vicent (1999)
Últimas noticias del paraíso, Clara Sánchez (2000)
La piel del cielo, Elena Poniatowska (2001)
El vuelo de la reina, Tomás Eloy Martínez (2002)
Diablo Guardián, Xavier Velasco (2003)
Delirio, Laura Restrepo (2004)
El turno del escriba, Graciela Montes y Ema Wolf (2005)
Abril rojo, Santiago Roncagliolo (2006)
Mira si yo te querré, Luis Leante (2007)
Chiquita, Antonio Orlando Rodríguez (2008)
El viajero del siglo, Andrés Neuman (2009)
El arte de la resurrección, Hernán Rivera Letelier (2010)

El ruido de las cosas al caer, Juan Gabriel Vásquez (2011)
Una misma noche, Leopoldo Brizuela (2012)
La invención del amor, José Ovejero (2013)
El mundo de afuera, Jorge Franco (2014)
Contigo en la distancia, Carla Guelfenbein (2015)
La noche de la Usina, Eduardo Sacheri (2016)
Rendición, Ray Loriga (2017)
Una novela criminal, Jorge Volpi (2018)
Mañana tendremos otros nombres, Patricio Pron (2019)
Salvar el fuego, Guillermo Arriaga (2020)
Los abismos, Pilar Quintana (2021)
El tercer paraíso, Cristian Alarcón (2022)
Cien cuyes, Gustavo Rodríguez (2023)
Los alemanes, Sergio del Molino (2024)
Arderá el viento, Guillermo Saccomanno (2025)
El ejército ciego, David Toscana (2026)